RUDYARD KIPLING

O LIVRO DA SELVA

Tradução de VERA KARAM

www.lpm.com.br

L&PM POCKET

Coleção **L&PM** POCKET, vol. 135

Texto de acordo com a nova ortografia.

Título original: *The Book of the Jungle*

Primeira edição na Coleção **L&PM** POCKET: 2005
Esta reimpressão: 2016

Tradução: Vera Karam
Capa: Ivan Pinheiro Machado. *Ilustração*: iStock
Revisão: Cláudia Laitano, Carlos S. Saldanha e Mariana Donner da Costa

---

K57L

Kipling, Joseph Rudyard, 1865-1936.
O livro da selva / Rudyard Kipling; tradução de Vera Karam. – Porto Alegre: L&PM, 2016.
208 p. ; 18 cm – (Coleção L&PM POCKET; v. 135)

ISBN 978-85-254-0844-0

1. Ficção inglesa-romances. I. Título. II. Série.

CDD 823
CDU 820-3

Catalogação elaborada por Izabel A. Merlo, CRB 10/329.

Rua Comendador Coruja, 314, loja 9 – Floresta – 90.220-180
Porto Alegre – RS – Brasil / Fone: 51.3225.5777 – Fax: 51.3221-5380

Pedidos & Depto. Comercial: vendas@lpm.com.br
Fale conosco: info@lpm.com.br
www.lpm.com.br

Impresso no Brasil
2016

RUDYARD JOSEPH KIPLING
(1865-1936)

KIPLING nasceu em Bombaim, na Índia, em 1865. Sua família era de origem britânica e, aos cinco anos de idade, Rudyard e a irmã mais nova foram mandados à Inglaterra, onde permaneceriam até que terminassem os estudos. Dezessete anos depois, Kipling retornou à Índia e passou a trabalhar no jornal *Civil and Military Gazette*. Por essa época iniciou sua vasta produção literária, escreveu muitos poemas e contos – estes reunidos em 1888 na coletânea *Plain Tales from the Hills*, que tornou o autor uma celebridade das letras quando do seu retorno à Inglaterra no ano seguinte.

Em 1892 Kipling casou-se com a americana Caroline Balestier, e por quatro anos o casal viveu em Vermont, onde ele escreveu *O livro da selva*. Em 1901 foi publicado *Kim*, considerado por muitos o maior romance do autor. No ano seguinte, Kipling voltou a morar na Inglaterra mais uma vez, mas continuou viajando constantemente pelo mundo, o que explicitamente contribuiu para a composição de sua diversificada literatura.

No ano de 1907, Kipling foi o primeiro autor de língua inglesa a ser agraciado com o Prêmio Nobel de Literatura, "em consideração ao poder de observação, originalidade e imaginação, vigor de ideias e brilhante talento para a narrativa".

Durante a Primeira Guerra Mundial, Kipling perdeu seu único filho homem, depois de já ter perdido uma das duas filhas. Nesse período, escreveu artigos críticos sobre a guerra, posteriormente censurados. Após se envolver com a War Graves Commission, que cuidava do destino dos combatentes mortos na guerra, e se aproximar do rei George V, seguiu publicando contos e viajando com a esposa. Em 1936, morreu em decorrência de uma hemorragia interna, deixando como legado literário cinco romances, mais de 250 contos e 800 páginas de versos.

Sumário

Os irmãos de Mogli

Agora, Chil, o abutre, vem trazer a noite
    Que Mang, o morcego, libertou
Os rebanhos estão presos
    Para serem soltos ao amanhecer
Esta é a hora da força e do orgulho,
    É hora das patas, das presas e das garras.
Ouçam o chamado! Vamos à caça
    Pois essa é a Lei da Selva!

CANÇÃO NOTURNA DA SELVA

Eram sete horas de uma noite muito quente nas montanhas Seeonee quando Pai Lobo acordou de sua sesta, passou as unhas pelo corpo, bocejou e esticou as patas, uma depois da outra, para tirar a sensação de sonolência. Mãe Lobo estava deitada com seu enorme focinho cinza bem perto dos seus quatro agitados e barulhentos filhotes e a lua, brilhando, entrava na caverna onde viviam.

– Arg – resmungou Pai Lobo. – Está na hora de caçar outra vez – e já estava descendo montanha abaixo quando viu uma sombra com uma cauda felpuda que se postou à sua frente, na entrada, e, em voz queixosa, falou:

– Que a sorte o acompanhe, ó Chefe dos Lobos, e que seus nobres filhotes tenham também boa sorte e dentes brancos e fortes, e nunca esqueçam que há gente passando fome no mundo.

Era o Chacal Tabaqui, também conhecido como o "Lambe-restos". Os lobos da Índia desprezam Tabaqui porque ele está sempre fazendo intrigas, contando mentiras e comendo restos e pedaços de couro que encontra no lixo dos vilarejos. Mas eles também têm muito medo dele, porque Tabaqui, mais do que qualquer outro ali na selva, tem ataques de loucura e, quando isso acontece, perde completamente o medo de quem quer que seja e corre pela floresta mordendo o que encontrar pelo caminho. Até mesmo o tigre corre e se esconde quando o pequeno Tabaqui enlouquece, pois a loucura é a pior desgraça que pode acontecer a um habitante da selva. Nós, seres humanos, chamamos isso de hidrofobia, mas os animais chamam isso de "dewanee", ou seja, loucura, e saem correndo.

– Pode entrar e dar uma olhada – disse o Pai Lobo, constrangido. – Como pode ver, não temos comida.

– Não para um lobo – disse Tabaqui –, mas para um miserável como eu um osso seco já é uma festa! Quem somos nós, os Gidurlog (os chacais), para ficar escolhendo? – E correu para os fundos da caverna, onde encontrou um osso ainda com um pouco de carne, e sentou-se roendo, feliz da vida.

– Muitíssimo obrigado por essa refeição – disse Tabaqui, lambendo os beiços. – Que bonitos são seus filhos. Que olhos grandes eles têm. E são tão novinhos! Claro, claro, não posso esquecer que os filhos dos reis são nobres desde pequenos.

Ora, Tabaqui sabia perfeitamente que não há nada que atraia pior sorte do que elogiar crianças na presença delas, e sentia prazer em ver Pai e Mãe Lobo sentindo-se desconfortáveis por causa disso.

Continuou sentado, deliciando-se com o aborrecimento que causara e então disse com maldade:

– Shere Khan, o Grande, já elegeu seu campo de caça. Vai caçar por essas montanhas na próxima lua, conforme me disse.

Shere Khan era o tigre que vivia perto do Rio Waingunga, a uns trinta quilômetros dali.

– Ele não tem esse direito – disse Pai Lobo, irritado. – De acordo com a Lei da Selva, ele não tem direito de mudar seu campo de ação sem avisar. Vai assustar toda a caça, e eu, eu já tenho tido que caçar por dois, ultimamente.

– Não foi à toa que a mãe dele o chamou de Lungri (o manco) – disse Mãe Loba, calmamente. – Ele é manco de uma perna desde que nasceu. E é por isso que, até hoje, ele só consegue caçar gado manso. Agora os habitantes de Waingunga estão com raiva dele e ele quer irritar os habitantes daqui também. Eles vão persegui-lo por toda a selva e nós e nossos filhos vamos ter que sair correndo quando começar a prender fogo aqui. Realmente, nós temos muito o que agradecer a Shere Khan!

– Devo dizer isso a ele? – perguntou Tabaqui, cinicamente.

– Saia daqui – gritou Pai Lobo. – Vá caçar com o seu amo. Você já fez mal que chegue por esta noite.

– Estou indo... – disse Tabaqui calmamente. – Dá para ouvir Shere Khan lá embaixo nos arbustos. Vocês mesmos vão poder dar o recado!

Pai Lobo pôs-se a escutar e, do vale que dava em um pequeno rio, pôde ouvir o rugido seco, irritado, monótono de um tigre que não conseguira nada ainda e queria que toda a selva ficasse sabendo disso.

– Esse idiota – reclamou Pai Lobo –, se isso é jeito de começar uma caça de noite! Será que ele pensa que os antílopes daqui são como aqueles gados gordos lá de Waingunga?

– Ssh! Ele não está caçando nem antílopes nem gado essa noite – disse Mãe Loba. – Está atrás de um homem. – O rugido tinha se transformado em uma espécie de ronronar que parecia vir de todos os lados. Era o tipo de barulho que confunde os lenhadores e as ciganas que dormem ao ar livre, e faz com que eles corram exatamente em direção à boca do tigre.

– Um homem! – exclamou Pai Lobo, rindo. – Ora essa! Será que não há besouros e sapos suficientes por aí que ele precisa comer um homem e logo no nosso território?

A Lei da Selva, que nunca ordena nada sem um bom motivo, proíbe um animal de matar um homem, a não ser quando é para ensinar seus filhotes a matar. E nesse caso ele tem que caçar fora da área de seu grupo ou tribo. A verdadeira razão dessa proibição é que matar um homem implica, mais cedo ou mais tarde, à chegada de homens brancos armados montados em elefantes, e milhares de homens negros com tochas e rojões. E todos na selva sofrem as consequências. A razão que os animais dão para essa regra é de que o homem é o mais fraco e indefeso dos seres vivos e, portanto, não seria justo atacá-lo. Dizem, também – e é verdade –, que os animais que comem homem ficam doentes e perdem os dentes.

O rugido foi ficando mais alto e terminou em um sonoro “Aaarh”, característico de quando o tigre dá o bote.

Até que Shere Khan deu um uivo que não parecia vir de um tigre.

– Ele deixou escapar a presa – disse a Mãe Loba. – O que será?

Pai Lobo correu para fora a pouca distância dali e ouviu Shere Khan resmungando furioso, rolando na grama.

– O idiota fez a besteira de pular uma fogueira de lenhadores e queimou os pés – disse Pai Lobo. –Tabaqui está lá com ele.

– Tem alguém subindo para cá – disse Mãe Loba, levantando as orelhas. – Prepare-se.

Os arbustos se mexeram na mata e Pai Lobo levantou as patas, preparando-se para saltar. E se você estivesse lá teria visto uma coisa incrível: o lobo interrompendo o salto no meio do caminho. Ele fez um movimento antes de ver sobre o que estava saltando e quando viu tentou interromper o salto. O resultado foi que ele se lançou no ar a um metro e meio do chão e voltou quase exatamente ao mesmo lugar de onde havia saltado.

– Um homem – disse Pai Lobo espantado. – Um filhote de homem, olhe!

Bem na frente dele, apoiando-se em um galho mais baixo, estava um bebê moreno, nu, que mal sabia caminhar. A coisinha mais lisa e macia que já aparecera em uma caverna de lobos à noite. Ele olhava para o rosto de Pai Lobo, acima dele, e ria.

– Isso é um filhote de homem? – perguntou Mãe Loba. – Nunca vi nenhum. Traga ele aqui.

Um lobo acostumado a carregar seus próprios filhotes pode, se necessário, abocanhar um ovo sem quebrá-lo e, apesar de Pai Lobo ter prendido a boca nas costas do bebê, nenhum dente sequer arranhou-lhe a pele e ele o colocou no chão entre os filhotes.

– Que pequenino, olhe! Não tem pelos no corpo! Mas que coragem! – disse a Mãe Loba, com doçura. O bebê aninhava-se entre os filhotes para se aquecer.

– Olha! Ele está comendo junto com os outros. E é um filhote de homem. Alguém tinha ouvido falar de um lobo que pudesse se gabar de ter um filhote de homem entre os seus?

– Eu lembro vagamente de ter ouvido falar de algo assim, mas nunca no nosso grupo, e nem na nossa época – disse o Pai Lobo. – Ele não tem um só pelo no corpo, e eu poderia matá-lo com uma simples patada. E, no entanto, me olha sem medo algum.

A luz da lua desapareceu da entrada da caverna; era a cabeçona quadrada e os ombros de Shere Khan bloqueando-a. Atrás dele vinha Tabaqui, gritando:

– Aqui, meu senhor, foi aqui que ele entrou.

– Quanta honra, Shere Khan! – disse Pai Lobo com fúria no olhar. – Em que podemos ajudá-lo?

– Quero a minha presa. Um filhote de homem veio nessa direção – disse Shere Khan. – Seus pais fugiram. Ele agora é meu!

Shere Khan havia pulado numa fogueira de lenhadores e estava furioso de tanta dor nas patas queimadas. Mas Pai Lobo sabia que a entrada da caverna era estreita demais para um tigre entrar. Mesmo ali onde estava, os ombros e as patas dianteiras de Shere Khan estavam apertados por falta de espaço, como estaria um homem se tentasse entrar em um barril.

– Os lobos são um povo livre – disse o Pai Lobo. – Só recebem ordens de seu chefe e não de um carniceiro qualquer. O filhote de homem é nosso, até mesmo para matá-lo, se tivermos vontade!

– Que história é essa de "se tivermos vontade"? Quem são vocês para escolher alguma coisa? Em nome do touro que eu matei, será que tenho mesmo de ficar aqui na sua caverna para exigir o que é meu por direito?

O rugido do tigre encheu a caverna como um trovão. Mãe Loba abriu caminho entre os filhotes e avançou na direção de Shere Khan. Seus olhos, como duas luas verdes na escuridão, encararam firmemente o olhar faiscante de Shere Khan.

– Sou eu, Raksha (A demoníaca), quem está falando. O filhote de homem é meu, Lungri – meu! Só meu! Ele não vai ser morto. Vai viver para correr com a matilha, para caçar com a matilha e, no final, preste bem atenção, seu caçador de filhotes, seu comedor de sapos e de peixes, é a você que ele vai caçar! Agora suma daqui, ou, em nome do veado que eu matei – que eu não caço gado faminto –, volte para sua mãe, sua besta queimada da selva, mais manco do que veio ao mundo! Desapareça!

Pai Lobo olhava impressionado. Ele quase havia esquecido de quando conquistou Mãe Loba em uma disputa com outros cinco lobos, quando ela corria junto com o bando, e não era à toa que era chamada de "A demoníaca". Shere Khan conseguira enfrentar Pai Lobo, mas não pôde com Mãe Loba, porque vira que, de onde ela estava, levava vantagem sobre ele e lutaria até a morte. Portanto, afastou-se da entrada da caverna, rosnando, e quando já estava bem longe gritou:

– Os cães ladram alto dentro do seu pátio! Vamos ver o que o bando tem a dizer de adotarem filhotes de homens. O filhote é meu e é para os meus dentes ele virá no final, seus ladrões de rabo felpudo!

Mãe Loba voltou ofegante para junto de seus filhotes, e Pai Lobo disse seriamente:

– Shere Khan tem razão. O filhote tem de ser apresentado ao bando. Ainda assim você quer ficar com ele?

– Ficar com ele? Ora essa. Ele chegou nu, de noite, sozinho e faminto, e mesmo assim não teve medo! Olhe, ali está ele já brincando com um de nossos filhotes. E esse carniceiro manco o teria matado e fugido para Waingunga enquanto os homens daqui nos caçariam em nossos covis só por vingança! Ficar com ele? É óbvio que eu vou ficar com ele. Pode ficar sossegado, meu sapinho – porque é assim que eu vou chamá-lo. Mogli, o sapinho. Dia virá em que você vai caçar Shere Khan, como ele te caçou.

– Mas o que será que o bando vai achar disso? – perguntou Pai Lobo.

A Lei da Selva é muito clara. Um lobo, quando se casa, retira-se do bando ao qual pertence, mas, assim que seus filhotes aprendem a andar, devem ser levados por seu pai até o Conselho – que acontece geralmente uma vez por mês, durante a lua cheia – para serem apresentados aos lobos. Depois dessa apresentação, os filhotes são livres para correr por onde quiserem, e até que tenha matado o primeiro antílope, nenhum lobo já crescido tem o direito de matar um filhote. O castigo para isto é a morte onde quer que o assassino possa ser encontrado, e se você refletir um pouco vai ver que é uma lei muito justa.

Pai Lobo esperou até que seus filhotes começassem a correr e, então, na noite do Conselho, levou-os junto com Mogli e Mãe Loba à Pedra do Conselho – o alto de uma montanha coberta por rochas onde uns cem lobos se encontravam. Akela, o grande Lobo Solitário, que liderava o Conselho por sua força e inteligência, estava estendido de corpo inteiro na sua pedra.

Abaixo dele estavam mais de quarenta lobos de todas as cores e tamanhos, desde veteranos que podiam sozinhos caçar um antílope até filhotes de três anos que pensavam poder fazer o mesmo. O Lobo Solitário já os liderava havia mais de um ano. Ele havia caído duas vezes em uma armadilha durante sua juventude, de modo que conhecia muito bem os costumes e manias dos homens. Não havia muita conversa na Pedra. Os filhotes rolavam uns sobre os outros no centro do círculo onde estavam seus pais. De vez em quando um lobo mais velho ia em silêncio até um filhote, olhava para ele atentamente e voltava ao seu lugar. Uma vez que outra uma mãe pegava seu filhote e o levava até a luz do luar, para que o vissem bem.

Akela gritava de sua pedra:

– Vocês conhecem a lei. Olhem bem, lobos, para poder reconhecê-los.

E as mães, ansiosas, reforçavam a ordem:

– Olhem bem, lobos!

Finalmente – e o pescoço de Mãe Loba ia se eriçando à medida que ia chegando a hora – Pai Lobo puxou Mogli, o sapinho, como eles o chamavam, para o centro, onde sentou-se rindo e brincando com pedras que brilhavam ao luar.

Akela nem levantava a cabeça de suas patas, mas continuava ordenando naquele tom de voz sempre igual:

– Olhem bem!

Um rugido abafado veio por detrás das pedras – era Shere Khan, gritando:

– O filhote é meu. Deem ele para mim. O que é que o Povo Livre tem a ver com um filhote de homem?

Akela nem mesmo moveu as orelhas. Só disse calmamente:

– Olhem bem, lobos! Olhem bem!

Houve um coro de desaprovação, e Shere Khan perguntou:

– O que é que o Povo Livre tem a ver com um filhote de homem?

A Lei da Selva diz que, no caso de dúvida quanto ao direito do filhote ser aceito pelo bando, duas pessoas, que não sejam seu pai e sua mãe, devem falar em sua defesa.

– Quem fala em nome do filhote de homem? – perguntou Akela. – Entre os membros do Povo Livre, quem fala por ele? Não houve resposta, e Mãe Loba preparou-se para o que ela achou que seria sua última luta, caso as coisas chegassem a esse ponto.

Foi então que a única outra criatura admitida no Conselho, além dos lobos, o urso marrom e dorminhoco que ensina aos filhotes de lobo a Lei da Selva, o velho Baloo, que anda por onde quer porque se alimenta só de nozes, raízes e mel, ergueu-se em suas patas traseiras e grunhiu.

– O filhote de homem? O filhote de homem? – perguntou. – Eu falo em nome do filhote de homem. Um filhote de homem não pode fazer mal a ninguém. Eu não tenho o dom da palavra, mas estou dizendo a verdade. Deixem que ele corra com o bando e cresça junto aos outros. Eu mesmo me encarrego de educá-lo.

– Ainda precisamos de mais um, disse Akela. Baloo já falou e ele é o professor de nossos filhotes. Quem mais, além de Baloo, quer falar?

Uma sombra negra irrompeu no meio do círculo. Era Baguera, a Pantera Negra, com seu pelo todo preto no qual, dependendo da luz, podiam-se perceber certas manchas típicas das panteras. Todos conheciam Baguera e ninguém se atrevia a cruzar seu caminho, pois ela era tão esperta quanto Tabaqui, tão corajosa quanto um búfalo selvagem e tão impulsiva quanto um elefante ferido. Mas tinha uma voz suave como o mel escorrendo da árvore e a pele macia como o veludo.

– Akela e membros do Povo Livre! – gritou. – Sei que não tenho direito de falar em sua assembleia, mas a Lei da Selva diz que, se houver dúvida quanto à vida de um novo filhote, essa vida pode ser comprada a um certo preço. E a lei não especifica quem é que deve pagar esse preço. Estou certa?

– Claro! Certo! – gritaram os lobos mais jovens, sempre famintos. – Ouçam Baguera.

– O filhote pode ser comprado por um determinado preço. É a lei. Por saber que não tenho direito de falar aqui, peço a licença de vocês.

– Fale – gritaram umas vinte vozes.

– Matar um filhotinho nu é covardia. Além do mais, ele pode se tornar uma caça mais interessante quando estiver crescido. Baloo já falou em sua defesa. Eu acrescentaria à defesa de Baloo a oferta de um touro, um touro bem gordo, recém-morto, que está a menos de uma milha daqui, se vocês aceitarem o filhote de homem de acordo com a lei. É muito difícil?

Houve um clamor de vozes perguntando: Qual é a diferença? Ele vai morrer nas chuvas do inverno, vai se queimar no sol. Que mal pode nos fazer um sapo nu? Deixe-o correr por aí. Onde está o touro, Baguera? Aceitem o filhote.

Nesse momento ouviram a voz grave de Akela dizendo:

– Olhem bem, olhem bem, lobos.

Mogli ainda estava muito entretido com as pedras e nem reparou quando os lobos vieram e olharam bem para ele, um por um. Finalmente, todos desceram a montanha em busca do touro morto e ficaram apenas Akela, Baguera, Baloo e os lobos de Mogli. Shere Khan continuava rosnando, de tanta raiva por Mogli não ter sido dado para ele.

– Rosne, pode rosnar à vontade – disse Baguera. – Dia virá em que essa coisinha nua vai fazê-lo rosnar em outro tom, ou eu não conheço nada dos homens.

– Foi uma boa decisão – disse Akela. – Os homens e seus filhotes são bem espertos. Ele pode vir a ser de grande ajuda mais tarde!

– De fato, uma ajuda em tempos de necessidade, pois ninguém pode ter a pretensão de liderar o bando a vida inteira – disse Baguera.

Akela fez que não entendeu a provocação. Estava absorto, pensando que chega uma hora em que todo o líder de qualquer bando vai perdendo sua força e ficando cada dia mais fraco, até que finalmente é morto pelos lobos e um outro assume o seu lugar – para mais tarde passar pela mesma situação.

– Leve-o daqui – disse Akela para Pai Lobo – e treine-o como um legítimo membro do Povo Livre.

E foi assim que Mogli entrou para o Bando dos Lobos de Seeonee ao preço de um touro e por meio das palavras de Baloo.

E AGORA VOU PEDIR LICENÇA para pular uns dez ou onze anos inteiros e você terá que imaginar que vida maravilhosa levou Mogli no meio dos lobos, porque se fôssemos contar aqui, precisaríamos escrever vários livros. Ele cresceu com os lobinhos, apesar de eles, naturalmente, terem se tornado lobos adultos, enquanto ele ainda era uma criança. Pai Lobo ensinou-lhe todos os seus segredos e o significado das mínimas coisas na selva. Cada farfalhar na relva, cada brisa na noite quente, o piado das corujas acima de sua cabeça, o arranhão das asas dos morcegos quando roçavam por instantes em uma árvore, e cada barulhinho de um peixe saltando na água significava para ele o mesmo que significava para um homem de negócios o funcionamento do seu escritório.

Quando não estava aprendendo, sentava ao sol e dormia, comia e voltava a dormir outra vez; quando sentia-se sujo ou estava com calor, nadava nos lagos da floresta; e quando queria mel (Baloo ensinara-lhe que o mel e as nozes podiam ser alimentos tão gostosos quanto carne crua), subia nas árvores para pegá-lo, e isto foi Baguera quem o ensinou. Baguera costumava pendurar-se em um galho e dizer "venha para cá, irmãozinho"; no início Mogli agarrava-se como bicho-preguiça, mas depois de um certo tempo saltava pelos galhos com quase tanta destreza quanto o macaco cinzento. Também ocupou seu lugar na Pedra do Conselho a cada vez que o bando se reunia, e foi lá que descobriu que se olhasse fixamente nos olhos de qualquer lobo este acabaria por baixá-los, e então ele começou a fazer isso só de brincadeira. Em outros momentos tirava longos espinhos das patas de seus amigos, pois os lobos sofrem terrivelmente com espinhos e ouriços que grudam em seus pelos. À noite costumava descer os morros até as lavouras e olhava com muita curiosidade os homens em suas casas. Tinha uma grande desconfiança dos homens porque, uma vez, Baguera havia lhe mostrado uma caixa tão bem escondida no meio da selva – que por pouco Mogli não caiu nela – e dito que se tratava de uma armadilha.

Ele adorava, acima de tudo, entrar com Baguera no coração negro da floresta, dormir o dia inteiro e à noite ver Baguera caçar. Baguera caçava qualquer coisa se estivesse com fome, e Mogli também – com uma exceção. Assim que cresceu o suficiente para entender, Baguera lhe disse que Mogli não deveria nunca tocar no gado, porque ele havia sido comprado no Conselho ao preço da vida de um touro. "A selva é toda sua", dizia Baguera, "e você pode caçar o que tiver força suficiente para caçar, mas, em nome do touro com o qual compraram sua vida, você não deve nunca matar ou comer qualquer gado, velho ou novo. Esta é a Lei da Selva." Mogli obedeceu fielmente.

E ele cresceu e cresceu tão forte como qualquer garoto que nem se dá conta de estar aprendendo tantas lições e que não tem de se preocupar com nada que não seja com o que comer.

Mãe Loba havia lhe dito mais de uma vez que Shere Khan não era de confiança, e que mais cedo ou mais tarde ele teria que matá-lo; mas, enquanto um jovem lobo teria lembrado disso o tempo todo, Mogli nem pensava nisso, porque afinal era apenas um garoto – muito embora, se falasse a língua dos homens, ele diria que era um lobo.

Shere Khan estava sempre cruzando seu caminho na selva, pois, à medida que Akela ia envelhecendo e ficando mais fraco, o tigre manco ia fazendo amizade com os jovens lobos do bando, que o seguiam por toda parte recolhendo suas sobras, coisa que Akela jamais permitiria se fizesse valer sua autoridade.

Shere Khan aproveitava para elogiá-los e perguntar como é que jovens caçadores como eles se sujeitavam a ser comandados por um lobo moribundo e um filhote de homem.

– Dizem – provocava Shere Khan – que no Conselho vocês não têm coragem de sustentar o olhar dele. – E os jovens lobos reagiam com irritação.

Baguera, que tinha olhos e ouvidos por toda a parte, sabia disso e mais de uma vez prevenira Mogli de várias maneiras que Shere Khan acabaria por matá-lo, ao que Mogli respondia rindo:

– Eu tenho o bando para me proteger, eu tenho você e Baloo, que, apesar de ser tão preguiçoso, é capaz de brigar por minha causa. Por que eu teria medo?

Foi em um dia muito quente que Baguera teve uma nova ideia – uma ideia que surgiu de algo que ele ouvira. Talvez tenha surgido de algo que Ikki, o porco-espinho, lhe contara, e que ele falara para Mogli quando estavam no meio da selva e o garoto estava recostado no belo pelo escuro da pantera:

– Irmãozinho – disse Baguera –, quantas vezes eu já lhe disse que Shere Khan é seu inimigo?

– Tantas vezes quanto há nozes naquela árvore ali – disse Mogli, que, naturalmente, não sabia contar. – E daí? Ah, Baguera, eu estou com sono. E Shere Khan não passa de um animal de cauda comprida e que fala alto, como Mao, o Pavão.

– Mas não é hora para dormir. Baloo sabe disso; eu sei disso, o bando sabe disso e até o mais ingênuo dos veados sabe disso. Tabaqui avisou você também.

– Ah, claro – disse Mogli. – Tabaqui chegou para mim há pouco tempo com uma conversa muito pouco gentil, de que eu era um filhote de homem sem pelos, que não tinha nada a ver com isso aqui, mas eu peguei Tabaqui pela cauda e rodopiei com ele duas vezes contra uma palmeira para aprender a ser mais educado.

– Você fez uma grande bobagem, pois, embora Tabaqui seja um fofoqueiro, ele estava falando de um assunto de seu especial interesse. Abra os olhos, irmãozinho. Shere Khan não vai se atrever a matá-lo aqui na selva. Mas lembre-se de que Akela está muito velho e logo virá o dia em que ele não poderá mais caçar e então deixará de ser o líder. Muitos dos lobos que lhe reconheceram quando o apresentaram para o Conselho estão velhos também, e os mais jovens acreditam, como Shere Khan lhes ensinou, que não há lugar no bando para um filhote de homem. E dentro de pouco tempo você se tornará um homem.

– E por que é que um homem não pode andar por aí com seus irmãos? – perguntou Mogli. – Eu nasci na selva, eu sempre obedeci as leis da selva, e não há um lobo sequer a quem eu não tenha ajudado a arrancar os espinhos dos pés. Claro que eles são meus irmãos.

Baguera esticou-se todo e, com os olhos semifechados, disse:

– Irmãozinho, toque aqui embaixo da minha mandíbula. – Mogli tocou-o com sua mão forte e marrom e, bem embaixo do queixo sedoso de Baguera, onde os músculos gigantes se escondiam sob um espesso pelo, encontrou um ponto duro e sem pelos.

– Ninguém na selva sabe que eu tenho essa marca – a marca da coleira – e que eu, meu irmãozinho, nasci entre homens e foi entre homens que minha mãe morreu – nas jaulas do Palácio do Rei de Oodeypore. E foi por causa disso que paguei o seu preço no Conselho quando você ainda era um filhotinho nu. Sim, também eu nasci no meio dos homens. Eu nunca havia visto a selva. Eles me alimentaram através das grades com uma panela de ferro até que, uma noite, me dei conta de que eu era Baguera, a pantera, e não um brinquedo nas mãos dos homens e rebentei aquele cadeado idiota com uma só patada e fugi. E como eu conhecia todos os truques dos homens, acabei me tornando mais temido na selva do que Shere Khan. É ou não é?

– Sim – respondeu Mogli. – Todos na selva temem Baguera, todos menos Mogli.

– Ora, você é um filhote de homem – disse a Pantera Negra com ternura –, e assim como eu voltei para a selva, você vai voltar, por fim, para junto dos homens, que são seus irmãos – isso se você não for morto antes no Conselho.

– Mas por quê? Por que alguém haveria de querer me matar? – perguntou Mogli.

– Olhe bem pra mim – disse Baguera.

E Mogli olhou bem firme nos olhos dela. A pantera desviou o olhar em menos de um minuto.

– Viu? É por isso – disse Baguera, esfregando as patas na relva. – Nem mesmo eu posso sustentar o seu olhar, e eu nasci entre homens e amo você, irmãozinho. Já os outros, os outros o odeiam porque não podem encará-lo, porque você é muito esperto, porque você sabe tirar espinhos das patas deles, porque você é um homem.

– Eu não sabia de todas essas coisas – disse Mogli com tristeza, franzindo suas grossas e negras sobrancelhas.

– O que diz a Lei da Selva? Primeiro, ataque; depois, ouça. Pela sua falta de cuidado, eles sabem que você é um homem. Mas fique atento. Eu sinto no meu coração que assim que Akela deixar escapar sua próxima presa – e a cada caçada é mais difícil para ele – o bando vai se voltar contra ele e contra você. Vai haver um Conselho da Selva na Pedra e então, já sei! – disse Baguera, de um salto. – Desça imediatamente até as cabanas dos homens, no Vale, e pegue um pouco da flor vermelha que eles têm lá, de modo que, quando chegar a hora, você terá um amigo ainda mais poderoso do que eu ou Baloo ou mesmo os lobos que amam você. Pegue a flor vermelha!

Flor vermelha, para Baguera, quer dizer fogo, porque não há criatura na selva que chame fogo pelo seu nome. Todos morrem de medo dele e inventam mil maneiras de descrevê-lo.

– A flor vermelha? – perguntou Mogli. – Que cresce do lado de fora das cabanas no crepúsculo? Eu vou até lá!

– Agora, sim, fala o filhote de homem! – disse Baguera com orgulho. – Não esqueça de que ela cresce em pequenos potes. Pegue uma, rápido, e conserve-a com você para quando precisar.

– Certo – disse Mogli. – Eu vou. Mas você tem certeza, minha querida Baguera – ele passou os braços em volta do esplêndido pescoço da Pantera e olhou bem no fundo de seus olhos –, você tem certeza de que isso tudo é por causa de Shere Khan?

– Pelo cadeado quebrado que me libertou, eu lhe garanto, meu irmãozinho.

– Então, pelo touro que comprou minha vida, vou fazer Shere Khan pagar por tudo isso e mais um pouco – disse Mogli, saindo.

– Isso sim é um homem! – disse Baguera para si mesma, deitando outra vez. – Oh, Shere Khan! Nunca escolheste tão mal a tua caça como quando perseguiste esse sapinho dez anos atrás.

Mogli andou por toda a floresta, correndo muito, com o coração pesado. Chegou à caverna quando começava a entardecer, tomou fôlego, olhou o Vale lá embaixo. Os filhotes não estavam, mas Mãe Loba, nos fundos da caverna, notou, pela sua respiração, que alguma coisa estava preocupando seu sapinho.

– O que há, meu filho? – perguntou.

– Intrigas de Shere Khan – respondeu. – Vou caçar nas terras aradas essa noite – e desceu pelos arbustos em direção ao Vale.

Ao chegar, parou, pois ouviu os gritos do bando caçando e ouviu também o berro de um cervo que tentava manter o fôlego enquanto o perseguiam. Ouviu, então, gritos cruéis e debochados dos jovens lobos, que diziam:

– Akela! Akela! Deixem o Lobo Solitário mostrar sua força! Abram alas para o líder do bando! Ataque, Akela!

O Lobo Solitário deve ter saltado e errado o bote, pois Mogli pôde ouvir o barulho dos dentes no ar e logo em seguida o grito de um cervo, que o derrubava com um coice e fugia.

Não esperou mais nada; saiu correndo e os gritos foram ficando cada vez mais fracos à medida que se aproximava da aldeia dos homens.

"Baguera tinha razão", pensou Mogli, enquanto se recostava perto da janela de uma cabana. "Amanhã será um dia daqueles para Akela e para mim." Encostou o rosto na janela e ficou olhando o fogo na lareira. Viu a mulher levantar e atiçar o fogo durante a noite com uns torrões pretos e, quando amanheceu e eles já estavam brancos e frios, viu uma criança pegar um pote, enchê-lo com o carvão, cobri-lo com uma manta e sair para cuidar das vacas no estábulo. "É só isso?", pensou Mogli. "Se uma criança pode fazer, não tem por que ter medo", e fez a volta na casa e encontrou o menino do outro lado, tirou o pote de suas mãos e desapareceu na névoa, deixando o garoto assustado, gritando.

"Essas pedras são como eu", pensou Mogli, soprando dentro do pote, como tinha visto a mulher fazer. "Vão acabar morrendo se eu não lhes der de comer", e jogou gravetos e lascas secas sobre as brasas. No meio do caminho, em direção à montanha, encontrou Baguera, com o orvalho da manhã brilhando sobre seu pelo.

– Akela perdeu a caça – disse a Pantera. – Eles quase o mataram ontem à noite, mas eles queriam você também. Estavam procurando por você lá na montanha.

– Eu estava na aldeia. Agora estou pronto: veja! – disse, mostrando o pote com o fogo.

– Ótimo! Escute, eu já vi os homens colocarem galhos secos dentro disto e daí brotar a flor vermelha. Você não tem medo?

– Não. Por que eu deveria ter medo? Eu lembro agora – se é que não foi um sonho – de como, antes de me tornar um lobo, eu costumava deitar ao lado da flor vermelha e era quente e muito agradável.

O dia inteiro Mogli ficou sentado na caverna, cuidando do seu pote de fogo, jogando gravetos dentro dele para ver como ficavam. Achou um galho que lhe agradou, e de noite, quando Tabaqui veio até a caverna e lhe disse sem rodeios que estavam procurando por ele na Pedra do Conselho, começou a rir até que Tabaqui saísse. Então foi para o Conselho, ainda morrendo de rir.

Akela, o Lobo Solitário, estava sentado ao lado de sua pedra, um sinal de que a vaga de Líder do Bando estava aberta a novos pretendentes, e Shere Khan, rodeado de seu séquito de comedores de restos, andava de um lado para o outro, dono da situação. Baguera deitou ao lado de Mogli, que tinha o pote de fogo entre suas pernas. Assim que todos se reuniram, Shere Khan tomou a palavra, coisa que ele jamais teria se atrevido a fazer quando Akela ainda era o líder.

– Ele não tem esse direito – cochichou Baguera para Mogli. – Vamos, diga isso a esse filho de um cão. Ele vai ficar com medo.

Mogli levantou-se e começou a falar:

– Povo Livre! Desde quando Shere Khan é o Líder do Bando? O que é que um tigre tem a ver com nossas decisões?

– Uma vez que a vaga de líder está aberta e que me convidaram a falar... – disse Shere Khan.

– Quem convidou? – perguntou Mogli. – Somos todos chacais por acaso para ficar bajulando esse carniceiro? A liderança do bando só a nós interessa.

Houve gritos de "cale a boca, filhote de homem" e de "deixem que ele fale. Ele está defendendo a nossa Lei", até que os mais velhos ordenaram: "Deixem o Lobo Morto falar". Quando um líder do Bando perdia sua presa, era chamado de Lobo Morto até o fim da vida, que não é muito longa.

Akela levantou a cabeça, abatido, e tomou a palavra:

– Povo Livre! E vocês também, chacais de Shere Khan! Por muitos anos eu os conduzi em suas caçadas e nunca, sob minha liderança, nenhum de vocês caiu em armadilha ou se feriu gravemente. Hoje, eu deixei a minha presa escapar. E vocês sabem muito bem como foi que isto aconteceu. Vocês sabem como isso foi cuidadosamente planejado para mostrar como estou fraco. Foi tudo muito bem armado. Vocês têm o direito de me matar, agora, aqui na Pedra do Conselho. Mas eu pergunto: quem vai dar fim no velho lobo? Pois é meu direito, de acordo com a Lei da Selva, que eu lute com todos, um por um.

Houve um longo silêncio, pois nenhum lobo se atrevia a lutar com Akela até a morte. Até que Shere Khan rosnou:

– Ora, mas o que é que nós temos a ver com esse idiota sem dentes? Ele está condenado a morrer em pouco tempo. O filhote de homem é que já viveu tempo demais. Povo Livre! Ele era minha presa desde o princípio. Deem-no pra mim. Já aturamos demais as bobagens desse homem-lobo. Há dez anos que ele perturba a selva. Deem-me o filhote de homem ou eu passarei a caçar aqui e não deixarei um osso de sobra pra vocês. Ele é um homem, um filhote de homem, e eu o odeio com todas as minhas forças!

Foi aí que quase metade do bando começou a gritar:

– Um homem, um filhote de homem! O que é que um homem tem a ver conosco? Ele que volte para o seu lugar de origem!

– E fazer com que todos se voltem contra nós? – protestou Shere Khan. – Nada disso. Deem-no pra mim. Ele é um homem e nenhum de nós consegue sustentar o seu olhar.

Akela ergueu a cabeça outra vez e falou:

– Ele comeu da nossa comida, dormiu junto conosco, muitas vezes caçou para nós. Jamais violou uma só regra da Lei da Selva.

– Além disso, eu paguei a vida dele com a de um touro para que ele fosse aceito. O valor de um touro não é muito grande, mas a honra de Baguera é uma coisa pela qual ele provavelmente vai querer lutar – disse Baguera com a voz mais suave.

– Ora, um touro pago dez anos atrás. O que importam agora ossos tão velhos?

– E uma promessa, não vale nada? – disse Baguera, já mostrando seus dentes muito brancos. – Somos chamados o Povo Livre!

– Nenhum filhote de homem pode andar por aí com o Povo da Selva – gritou Shere Khan. – Deem-no para mim!

– Ele só não é nosso irmão no sangue – prosseguiu Akela –, e vocês seriam capazes de matá-lo assim mesmo! De fato, eu já vivi tempo demais. Muitos de vocês são animais de rapina, e de outros ouvi falar que, seguindo os ensinamentos de Shere Khan, ao anoitecer roubam crianças das portas de suas casas. Portanto, sei que são um bando de covardes e é para esses covardes que eu falo agora. É certo que devo morrer e que minha vida já não tem valor algum. Se tivesse, eu a ofereceria em troca da do filhote de homem. Mas em nome da honra do bando – um detalhe que, por terem ficado sem líder, vocês devem ter esquecido – eu prometo que, se vocês deixarem o filhote de homem seguir seu caminho, quando chegar minha vez de morrer, não resistirei. Morrerei sem lutar. Isto poupará ao bando no mínimo três vidas. Mais do que isto não posso fazer. Mas se vocês concordarem, estarão evitando a vergonha que é matar um irmão que nunca nos fez mal algum – um irmão que foi aceito por nós mesmos e de acordo com a Lei da Selva, no próprio Conselho.

– Ele é um homem! Um homem! – gritava o bando, e a maioria dos lobos se uniu em torno de Shere Khan, que já sacudia a cauda de satisfação.

– Bem, agora é tudo com você – disse Baguera a Mogli. – Nós não podemos fazer mais nada a não ser lutar.

Mogli ergueu-se com o pote de fogo nas mãos. Esticou os braços e rugiu na cara de todos. Estava furioso, com muita raiva e mágoa por ter agido como um lobo por tanto tempo e os lobos nunca terem lhe dito como era odiado.

– Ouçam – gritou ele. – Não há mais necessidade de prosseguir nessa discussão idiota. Vocês já me disseram tantas vezes essa noite que eu sou um homem – e eu teria vivido a vida toda com vocês como um lobo – que eu começo a pensar que vocês estão com a razão. De agora em diante não chamo mais vocês de irmãos, mas de "bichos", como fazem os humanos. E não cabe a vocês decidirem o que fazer. Isso agora é comigo. E para que isso fique bem claro, foi que eu trouxe aqui comigo a Flor Vermelha, da qual vocês, bichos, têm tanto medo.

Mogli jogou o pote no chão e as chamas queimaram um tufo de musgo seco, que incendiou, fazendo todo o bando recuar de terror diante das chamas. Então, jogou um galho seco no fogo, que se acendeu, e girou-o ao redor da cabeça olhando para os lobos, que estavam apavorados.

– Você está com tudo – disse Baguera, baixinho. – Salve Akela da morte. Lembre-se que ele sempre foi seu amigo.

Akela, o velho e orgulhoso lobo, que nunca havia pedido piedade, dessa vez olhou para Mogli pedindo ajuda, enquanto ele permanecia de pé, seus cabelos negros caindo sobre os ombros, sob a luz do galho que brilhava e fazia as sombras a sua volta pularem, trêmulas.

– Bem – disse Mogli, olhando em volta. – Posso ver que estou falando com cachorros. Vou embora daqui e voltar mesmo para minha gente. Se é que são eles mesmo o meu povo. A selva está fechada para mim e preciso esquecer a língua e a companhia de vocês, mas serei mais generoso com vocês do que vocês foram comigo. E porque eu fui um irmão de vocês em tudo menos em sangue, eu prometo que, quando já estiver entre os homens, não trairei vocês, como vocês me traíram.

Dizendo isso, chutou o fogo, e as chamas voaram para o alto.

– Não haverá nenhum tipo de guerra entre nós, homens, e o bando, mas há ainda uma dívida que eu tenho que pagar antes de ir. – E caminhou firmemente em direção a Shere Khan, que piscava com ar idiota para as chamas, e o agarrou pela barbicha. Baguera foi atrás, para o caso de Mogli precisar. – De pé – gritou Mogli. – Fique de pé quando um homem fala. Ou eu ponho fogo nesse seu pelo.

Shere Khan baixou as orelhas e fechou os olhos, pois a chama estava muito perto de seu rosto.

– Este carniceiro disse que me mataria no Conselho, pois não pôde me matar quando eu era um filhote. É por essas e outras que nós, homens, batemos nos cães. Mexa um só pelo, seu manco, e eu faço você engolir a Flor Vermelha goela abaixo. – E bateu na cabeça de Shere Khan com o galho, fazendo o tigre gemer e gritar de pavor.

– Ora, o gatinho queimado... Pode ir agora! Mas lembre-se: da próxima vez que eu vier à Pedra do Conselho, como um homem, será com a pele de Shere Khan na minha cabeça. Além disso, Akela está livre para viver onde quiser. Vocês não vão matá-lo porque EU não quero. Nem vão ficar mais tempo sentados aqui, com a língua de fora, como se fossem alguém, porque não são: são cães, cães a quem eu mando embora quando quiser. Fora! – O fogo estava queimando furiosamente na ponta do galho e Mogli girou com ele para todos os lados e fez os lobos saírem todos correndo, gritando por causa das fagulhas que queimavam seus pelos. No final, só restaram Akela, Baguera e uns dez lobos que haviam tomado o partido de Mogli. Então, alguma coisa começou a doer dentro dele, sem que ele soubesse o que era, uma sensação como ele nunca havia experimentado e ele tomou fôlego, soluçou e lágrimas começaram a rolar pelo seu rosto.

– O que é isto? O que é isto, Baguera? Eu não quero deixar a selva e não sei o que isto significa. Será que eu estou morrendo?

– Não, irmãozinho. Agora eu sei que você é um homem e não mais um filhote, porque isso aí no seu rosto são lágrimas. Você está chorando – coisa que só os homens fazem. A selva está definitivamente fechada para você, de agora em diante. Deixe as lágrimas caírem, Mogli. – E Mogli sentou e chorou como se seu coração fosse se partir – e era a primeira vez em toda a sua vida que ele chorava.

– Bem, agora está na hora de ir me juntar aos homens, mas antes disso tenho que me despedir da minha mãe – disse Mogli, e foi em direção à caverna, onde havia morado por tanto tempo, e chorou agarrado à Mãe Loba, enquanto os lobinhos uivavam de tanta tristeza.

– Vocês não vão me esquecer? – perguntou Mogli.

– Nunca, enquanto pudermos seguir um rastro seu. Quando você já tiver se tornado um homem, venha até o pé da montanha e nós falaremos com você e iremos até a aldeia para brincar com você à noite.

– Volte logo – gritou Pai Lobo. – Volte logo, meu sapinho inteligente, porque eu e sua mãe já estamos ficando velhos.

– Isso mesmo! – gritou Mãe Loba. – Meu filhotinho pelado. E não esqueça que eu te amei ainda mais do que aos meus próprios filhotes.

– Eu voltarei, não se preocupe – disse Mogli. – E quando eu voltar pode ter certeza de que será com o pelo do Shere Khan para mostrar para o Conselho. Não me esqueçam! E digam a todos na selva para que não esqueçam de mim!

O dia estava começando a clarear quando Mogli desceu a montanha sozinho, ao encontro daquelas misteriosas criaturas chamadas homens.

Canção de caça do Bando Seeonee

Quando vinha rompendo a madrugada o cervo bramiu
        Uma, duas e outra vez mais!
E uma corça deu um salto, a corça saltou
Do poço onde bebem os veados selvagens.
Isso tudo eu, sozinho, vi acontecer
        Uma, duas e outra vez mais!

Quando vinha rompendo a madrugada o cervo bramiu
        Uma, duas e outra vez mais!
E um lobo foi embora, o lobo foi embora
Saiu dali para levar a notícia à matilha, que esperava,
E todos corremos em seu encalço
        Mais uma, duas e outra vez!

Quando rompia a madrugada ouviu-se o uivo da matilha
        Uma, duas e outra vez mais!
Patas na Selva que não deixam marcas!
Olhos que enxergam na escuridão – na escuridão!
Ouçam a nossa voz!
        Uma, duas e outra vez mais!

Kaa vai à caça

O orgulho do leopardo são suas pintas; e o do búfalo, seus
[chifres.
Não faça alarde, pois a força do caçador está em não mostrar
[que a tem.
E se você acha que o touro poderá atacá-lo, ou o cervo, com
[seus chifres, golpeá-lo,
Não perca tempo em nos contar; nós já sabíamos, antes de
[você notar.
Não persiga filhotes de estranhos, de irmãos e irmãs você os
[deve chamar,
Pois, embora pequenos e fracos, uma mãe ursa talvez os espere
[lá fora.
"Não há ninguém como eu", diz o filhote, orgulhoso de sua
[primeira caça;
Mas a selva é enorme, e o filhote é pequeno. Deixe que tudo
[lhe ensine o tempo.

MÁXIMAS DE BALOO

Tudo que for contado agora aconteceu antes de Mogli ter sido expulso do Bando Seeonee ou ter se vingado de Shere Khan, o tigre. Foi no tempo em que Baloo estava lhe ensinando as Leis da Selva. O grande e velho urso marrom estava encantado em ter um aluno tão esperto, pois os lobos normalmente só aprendem da Lei da Selva aquilo que diz respeito a sua própria tribo e saem correndo assim que são capazes de repetir os Versos da Caçada – "Patas que se movem em silêncio / olhos que enxergam no escuro / ouvidos que conseguem escutar o vento de dentro de suas tocas e dentes brancos bem afiados são a marca dos nossos irmãos / de quem Tabaqui, o chacal, e a odiosa Hiena são a exceção". Mas Mogli, como um bom filhote de homem, teve que aprender muito mais do que isso. Algumas vezes Baguera, a Pantera Negra, punha-se a passear pela selva só para ver como estava se saindo o seu predileto e ronronava de satisfação com a cabeça encostada em uma árvore ouvindo Mogli recitar a lição do dia que Baloo havia lhe dado. O garoto era capaz de subir em árvores quase tão bem quanto nadava e de nadar quase tão bem quanto corria; e então Baloo, o professor da Lei da Selva, ensinou- lhe a Lei da Água e da Madeira, como diferenciar um galho apodrecido de um em bom estado, como falar com jeito com as abelhas quando subia em um enxame de abelhas selvagens, o que dizer a Mang, o Morcego, quando ele viesse incomodar no meio dos galhos ao meio-dia, e como dizer às cobras d'água nos lagos que se afastassem para ele poder mergulhar. Ninguém na selva gosta de ser incomodado e todos estão sempre prontos a voar ao simples aparecimento de um intruso. Por isso, Mogli aprendeu também o Grito de Caça ao Estranho, que deve ser repetido até que haja resposta, sempre que uma criatura da selva sair para caçar fora do seu território. Traduzido em palavras esse grito significa: "Peço licença para caçar aqui, pois estou com fome", e a resposta é: "Pode caçar, mas só para matar a fome, nunca por prazer".

Tudo isso deve dar uma ideia do quanto Mogli teve de saber de cor, e ele ficava cansado de tanto repetir a mesma coisa centenas de vezes. Mas, como disse Baloo a Baguera, certa vez que teve de dar uns tapas em Mogli e ele fugiu, furioso: "Um filhote de homem é um filhote de homem, e ele deve aprender TODA a Lei da Selva".

– Mas não esqueça de que ele ainda é uma criança – disse a Pantera Negra que, no que dependesse dela, teria mimado Mogli. – Como é que você quer que entrem todas essas coisas naquela cabecinha?

– Existe algum ser aqui na selva pequeno demais para ser morto? Não. Então... É por isso que eu lhe ensino todas essas coisas e é por isso também que eu bato nele, de leve apenas, quando ele esquece alguma delas.

– De leve apenas? E o que é que você entende de leveza, hein, seu velho pata-pesada? – grunhiu Baguera. – Olhe para o rosto dele, todo machucado por causa da sua... leveza... Pois sim!

– É melhor para ele se machucar um pouco por minha causa, que o amo, do que acabar se ferindo seriamente por ignorância – respondeu Baloo, com sinceridade. – Agindo assim, estou ensinando a ele as Grandes Lições da Selva, que deverão servir para protegê-lo junto aos pássaros e às cobras e todos os que andam em quatro patas, com exceção do seu próprio bando. Ele agora saberá se defender, é só lembrar das palavras que lhe ensinei. Será que isso não vale os tapinhas que lhe dei?

– Bem, tome cuidado para não acabar matando o filhote de homem. Não esqueça de que ele não é um tronco de árvore para você afiar suas garras. Mas, afinal, que palavras são essas que você lhe ensinou? Eu sempre fui mais de ajudar do que pedir ajuda – disse Baguera, esticando as patas e admirando o brilho de aço de suas garras na ponta de uma delas. – Ainda assim eu gostaria de conhecer as tais palavras.

– Vou chamar Mogli e ele então as dirá, se tiver vontade. Venha aqui, irmãozinho!

– Minha cabeça está zunindo como um abelheiro, – disse uma vozinha queixosa sobre suas cabeças, e Mogli então escorregou do tronco de uma árvore, muito indignado, e acrescentou, assim que desceu da árvore: – Eu vim para falar com Baguera e não com você, seu velho balofo – falou para Baloo.

– Por mim tanto faz – respondeu Baloo, apesar de estar muito magoado. – Pois, então, diga a Baguera as palavras que lhe ensinei das Grandes Lições da Selva.

– Palavras de qual Povo você quer dizer? – perguntou Mogli, querendo se mostrar. – Porque a selva tem muitas línguas. E eu sei falar em todas elas.

– Você conhece um pouco de cada uma, mas não tanto assim. Você viu só, Baguera? Eles nunca são gratos ao seu mestre. Nem uma porcariazinha de um lobinho jamais voltou para agradecer ao velho Baloo por suas lições. Fale a língua dos Caçadores, então, geniozinho.

– Somos sangue do mesmo sangue, você e eu – disse Mogli, usando um sotaque característico de Povo Caçador, os ursos.

– Ótimo. Agora a dos Pássaros.

Mogli repetiu, com o chiado de Kite, o Abutre, no final da frase.

– Agora o Povo da Serpente – pediu Baguera.

E a resposta foi um indescritível silvo seguido de um salto, Mogli bateu palmas para si mesmo e imediatamente pulou para o dorso da pantera, sentando-se de lado e batendo os calcanhares no seu pelo lustroso, enquanto fazia as piores caretas para Baloo.

– Muito bem! Muito bem! Então, vai dizer que não valeu a pena levar umas palmadinhas? – disse o urso, com ternura. – Um dia você ainda vai me agradecer. E virou-se para Baguera para contar que pedira a Hathi, o Elefante Selvagem, que conhece todas essas coisas, e que Hathi levara Mogli até o lago para aprender com as cobras as palavras do seu povo, já que Baloo não sabia pronunciá-las, e que Mogli estava, a partir de agora, relativamente protegido contra todos os acidentes que poderiam ocorrer na selva, porque nem as cobras, nem os pássaros ou as feras poderiam atacá-lo. – Não há mais o que temer – concluiu Baloo, acariciando sua barriga peluda cheio de orgulho.

– A não ser seu próprio povo – disse Baguera baixinho, e em seguida falou alto para que Mogli ouvisse. – Ei, que dança é essa aí em cima, hein, irmãozinho? Tenha um pouquinho de consideração pelas minhas costelas.

Mogli estava puxando a pele dos ombros de Baguera com força para que lhe dessem atenção. Quando finalmente voltaram-se para ele, o garoto estava aos gritos:

– Então terei meu próprio bando e vou guiá-lo. Andaremos pela selva o dia inteiro.

– Que invenção é essa agora, seu sonhador? – perguntou Baguera.

– Claro! E vou jogar galhos e coisas sujas no velho Baloo – continuou Mogli. – Eles me prometeram fazer isso.

– Ora, ora! – resmungou Baloo, arrancando com uma só patada o menino de cima das costas de Baguera, que percebeu que ele estava bem furioso.

– Mogli – começou Baloo –, você deve ter andado conversando com o *Bandar-Log*, o Povo Macaco.

Mogli olhou para Baguera para ver se a pantera também estava brava e encontrou seus olhos duros como pedra.

– Você, certamente, andou com o Povo Macaco – aquele povo sem leis – comedores de tudo que veem pela frente. É uma pena.

– Quando Baloo machucou minha cabeça – disse Mogli ainda caído de costas –, eu fugi e os macacos cinzentos desceram das árvores e ficaram com pena de mim. Ninguém mais se importou comigo – disse, fungando um pouco.

– A piedade do Povo Macaco! – ironizou Baloo. É o mesmo que falar no silêncio de uma cachoeira descendo montanha abaixo ou no frescor do sol de verão! Então, o que me diz, filhote de homem?

– Bem, e então eles me deram nozes e um monte de coisas gostosas para comer, e me carregaram nos braços para cima das árvores e eu disse a eles que éramos irmãos de sangue, só que eu não tinha rabo como eles, e que eu seria líder deles algum dia.

– Eles não têm líder algum – disse Baguera. – Eles mentem. Eles sempre mentiram.

– Eles foram muito legais comigo e me convidaram para voltar. Eles se movimentam sobre duas patas, como eu. Não me batem com suas patas pesadas. Brincam o dia inteiro. Deixe-me ficar de pé! Vamos, seu malvado, deixe-me levantar! Quero ir lá brincar com eles de novo!

– Escute aqui, seu filhote de homem – e sua voz ressoou como um trovão no meio da noite. – Eu lhe ensinei todas as leis que regem todos os povos na selva, com exceção do Povo Macaco, que vive nas árvores. E sabe por quê? Porque eles não têm leis. São uns párias. Não têm nem uma língua própria, mas usam as palavras que roubam dos outros povos quando estão escutando a conversa dos outros e espiando em cima das árvores. Eles não funcionam do mesmo jeito que nós. Eles não têm líderes. Não têm memória. Gabam-se de ser um grande povo, fingem que estão sempre às voltas com questões importantes da selva, mas a simples queda de umas nozes na cabeça deles faz com que desatem a rir e imediatamente esqueçam o que estavam fazendo. Nós, o Povo da Selva, não temos nenhum tipo de entendimento com eles. Não bebemos onde eles bebem, não vamos onde eles vão, não caçamos onde eles caçam e não morremos no mesmo lugar onde eles morrem. Alguma vez você já tinha ouvido falar de *Bandar-Log* antes de hoje?

– Não – disse Mogli baixinho, pois a floresta se fizera muito quieta quando Baloo terminou de falar.

– O Povo da Selva não fala neles, nem pensa neles. Eles são muitos, são maus, são sujos, descarados e a única coisa que desejam quando conseguem desejar alguma coisa é serem notados pelo Povo da Selva. Mas nós nunca reparamos neles, mesmo quando atiram cascas de nozes e sujeira nas nossas cabeças.

Mal ele acabara de falar e uma chuva de nozes e gravetos caiu dos galhos e começaram a ouvir gargalhadas, saltos, tossidas e gritos vindos do alto.

– O Povo Macaco está proibido – disse Baloo –, proibido para o Povo da Selva. Lembre-se disso.

– Proibido – repetiu Baguera. – Mas eu ainda acho que Baloo deveria ter prevenido você contra eles.

– Eu? Eu preveni-lo? Como é que eu poderia adivinhar que ele iria se meter com essa macacada suja? Argh...

Uma nova enxurrada caiu sobre suas cabeças e os dois saíram correndo dali, levando Mogli com eles. O que Baloo tinha dito sobre os macacos era a mais pura verdade. O lugar deles era o alto das árvores, e como o Povo da Selva raramente olha para cima, não havia muitas oportunidades para que cruzassem o caminho uns dos outros.

Mas sempre que encontravam um lobo doente, ou um tigre ferido, ou um urso, eles iam atormentá-lo e jogavam gravetos e cascas em todos os animais só para se divertirem e na esperança de serem notados. E então gritavam e guinchavam canções sem sentido e convidavam o Povo da Selva para subir nas árvores e lutar com eles ou começavam a brigar furiosamente entre si, sem motivo algum, e deixavam os macacos mortos no caminho, onde o Povo da Selva pudesse vê-los. Eles estavam sempre a um passo de ter um líder e leis e costumes próprios, mas nunca conseguiam ir até o fim, porque suas memórias não retinham nada de um dia para o outro, e então se consolavam dizendo coisas como: "O que o *Bandar-Log* pensa hoje, o Povo da Selva vai pensar amanhã", e com isso acomodavam-se. Nenhum dos animais conseguia alcançá-los, mas em compensação nenhum sequer notava a existência deles e foi por isso que ficaram tão contentes quando Mogli apareceu para brincar com eles e souberam como Baloo estava furioso com isso.

Eles nunca quiseram mais do que isso – o *Bandar-Log* nunca queria nada de verdade –, mas um deles teve uma ideia que lhe pareceu brilhante, e logo contou para os outros que Mogli poderia ser muito útil, pois sabia construir com gravetos um abrigo contra o vento e se eles o tivessem ali poderiam obrigá-lo a ensinar-lhes. Naturalmente Mogli, como filho de lenhadores, herdara todas essas habilidades e usava-as para fazer pequenas cabanas dos galhos que caíam das árvores, sem saber como é que sabia fazer essas coisas, e o Povo Macaco, olhando de cima das árvores, achava uma maravilha essa brincadeira do menino. Dessa vez, eles diziam, iam realmente ter um líder e se tornariam o povo mais esperto da selva, tão esperto que todos reparariam neles e os invejariam. Então resolveram seguir Baloo, Baguera e Mogli pela selva, em silêncio, até a hora da sesta. Mogli, que estava muito envergonhado do que fizera, deitou-se para dormir entre os dois, decidido a não se meter mais com o Povo Macaco.

Depois disso, ele só se lembrava da sensação de mãos agarrando suas pernas e seus braços – mãos muito fortes – e depois galhos batendo no seu rosto. Olhando para baixo, entre os ramos das árvores se agitando, viu Baloo despertando a selva com gritos e Baguera saltando com todos os seus dentes à mostra. O *Bandar-Log* gritava triunfante e pulava para os galhos mais altos, onde Baguera não conseguia alcançá-los, gritando:

– Ele reparou em nós! Baguera reparou em nós! Agora a selva toda nos admira pela nossa inteligência e esperteza.

E começaram seu voo. E o voo do Povo Macaco através das árvores é algo simplesmente indescritível.

Eles têm suas estradas e encruzilhadas para cima e para baixo nas montanhas e saltam a quinze, vinte ou trinta metros do chão e dessa maneira são capazes de viajar até mesmo à noite. Dois dos macacos mais fortes pegaram Mogli pelos braços e voaram com ele até o topo das árvores a uns vinte metros do chão. Se estivessem sozinhos teriam podido avançar duas vezes mais rápido, mas o peso do menino os segurava. Apesar de tonto e com enjoos, Mogli não deixou de sentir certo prazer naquela corrida, embora a visão da terra lá embaixo o assustasse como também cada parada que faziam no ar, sem nada que os segurasse. Seus captores o levavam até a copa das árvores, onde ele sentia os galhos se quebrando sob seus pés e, daqui a pouco, gritando, jogavam-no ao ar, pulando para cima e para baixo, aparando-o apenas com as mãos. Em certos momentos, ele podia ver quilômetros e quilômetros de selva verde lá embaixo, como um homem no alto de um mastro pode ver o mar, até que os galhos e as folhas atingiam seu rosto e ele e seus dois captores iam quase até o chão outra vez. Dessa maneira, saltando e caindo, guinchando e gritando, a tribo inteira dos *Bandar-Log* percorreu a rota das árvores, tendo Mogli como prisioneiro.

Por alguns momentos ele temeu que o soltassem lá de cima; ficou irritado, mas sabia que era mais prudente não brigar e começou a pensar no que fazer. O primeiro passo era mandar uma mensagem para Baloo e Baguera, que, na velocidade que iam os macacos, já deveriam ter ficado lá atrás. Era inútil olhar para baixo, pois só o que conseguia ver era a parte superior dos galhos, então olhou para cima e viu, lá longe no azul, Chil, o Abutre, que planava e fazia círculos no ar enquanto procurava na selva por coisas mortas. Chil logo notou que os macacos estavam carregando algo e baixou alguns metros para ver se havia alguma coisa que lhe servisse para comer. Deu um assovio de surpresa ao ver Mogli sendo arrastado para o alto de uma árvore e ouviu-o gritar para ele:

– Somos do mesmo sangue, você e eu.

Os galhos imediatamente fecharam-se sobre o menino, mas Chil ergueu-se a tempo de ver o rostinho marrom aparecer novamente.

– Marque minha trilha – gritou Mogli. – Avise Baloo, do Bando Seeonee, e Baguera, do Conselho da Pedra.

– Em nome de quem, meu irmão? – Chil nunca tinha visto Mogli antes, mas é claro que já ouvira falar nele muitas vezes.

– Mogli, o sapo. Eles me chamam de filhote de homem. Marque minha trilha!

As últimas palavras mal puderam ser ouvidas, pois ele já fora de novo carregado pelos ares, mas Chil confirmou com a cabeça e ergueu-se até não enxergar mais que uma mancha de poeira e ali ficou, observando com seus olhos telescópicos o caminho das árvores que os macacos faziam levando Mogli.

– Eles nunca vão muito longe – disse com um risinho. – Nunca fazem aquilo que planejam, sempre se distraindo aqui e ali. Esses são o *Bandar-Log*. Dessa vez, se eu conheço alguma coisa, eles estão arrumando uma boa encrenca, pois Baloo não é nenhum filhotinho medroso, e Baguera, que eu saiba, é capaz de matar mais do que cabras. – E Chil ficou ali, balançando suas asas, com os pés encolhidos, só esperando.

Enquanto isso, Baloo e Baguera estavam desesperados de raiva e de dor. Baguera pulou mais alto do que jamais havia pulado, mas os galhos frágeis quebraram-se sob seu peso e ele acabou escorregando com as patas cheias de lascas.

– Por que você não preveniu o filhote de homem? – rosnou para Baloo, que saíra correndo desajeitadamente na esperança de alcançar os macacos. – O que adiantou quase matá-lo de pancada se não foi capaz de ensiná-lo o que realmente importava?

– Depressa! Rápido, vamos! Talvez a gente ainda consiga alcançá-lo! – disse Baloo, ofegante.

– Nesse passo? Nós não alcançaríamos uma vaca ferida. Professor da Lei da Selva! Espancador de filhotes! Uma milha dessa corrida para lá e para cá te partiria em dois! Sente e pense um momento! Trace um plano. Não é hora de persegui-los. Eles são capazes de deixá-lo cair se perceberem que estão sendo seguidos.

– Arrula! Whoo! Eles talvez já o tenham deixado cair, cansados de tanto carregá-lo. Quem pode confiar no *Bandar-Log*? Joguem morcegos mortos na minha cabeça! Deem-me ossos podres para comer! Façam-me rolar dentro da colmeia de abelhas selvagens para que elas me piquem até a morte, enterrem-me junto com a hiena, pois eu sou o mais miserável dos ursos! Arrula! Wahooa! Oh, Mogli, Mogli! Por que eu não o precavi contra o bando dos macacos em vez de lhe bater? Agora talvez até os meus tapas tenham feito ele esquecer das lições que lhe dei e ele está lá, sozinho, sem as Palavras Mestras!

Baloo batia com as patas nos ouvidos e rolava de um lado para o outro, gemendo.

– Pelo menos eu lhe tomei toda a lição não faz muito tempo – disse Baguera, já sem paciência. – Escute, Baloo, você além de não ter memória não tem mais modos também? O que é que a selva pensaria de mim se me visse assim toda curvada feito um porco-espinho e gemendo desse jeito?

– Estou pouco ligando para o que a selva pensa. Ele pode estar morto a essas alturas.

– A não ser que eles resolvam jogá-lo lá de cima só para se divertirem ou matá-lo por não terem mais o que fazer, eu não temo pelo filhote de homem; ele é esperto e foi muito bem orientado. E acima de tudo tem aqueles olhos que metem medo em todo o Povo da Selva. O único problema, e é isso que me preocupa, é que ele está em poder do *Bandar-Log* e eles, por viverem em cima das árvores, não têm medo nenhum do nosso povo. – Baguera começou a lamber uma de suas patas dianteiras, pensativo.

– Que idiota que eu sou! Eu não passo de um gordo sujo, cavador de raízes idiota! – gritava Baloo, se desenroscando. – Hathi, o elefante selvagem, tem razão quando diz: "Para cada um, aquilo que ele mais teme", e eles, o *Bandar-Log*, temem Kaa, a Serpente da Rocha. Ela é capaz de subir tão alto quanto eles e roubar seus filhotes durante a noite. É só falar no nome dela que seus rabos congelam de medo. Vamos procurar Kaa.

– O que é que ela pode fazer por nós? Ela não pertence à nossa tribo, sem pés e com aqueles olhos terríveis – discordou Baguera.

– Ela é muito velha e muito esperta. Além disso, está sempre com fome. É só prometer-lhe algumas cabras – disse Baloo, cheio de esperança. – Ela dorme um mês inteiro depois de comer. Ela deve estar dormindo agora e, mesmo que esteja acordada, talvez queira ela mesma matar suas cabras – disse Baguera, que, por não conhecer muito bem Kaa, estava naturalmente desconfiada.

– Então, nesse caso, você e eu, velho caçador, vamos ter de convencê-la. – E Baloo empurrou a pantera com o ombro e saíram a procurar Kaa, a Jiboia das Rochas.

Encontraram-na esticada em uma pedra tomando o sol da tarde, admirando sua linda pele, que acabara de trocar depois de ter passado dez dias de retiro, e agora arremessava sua cabeça redonda no chão, enquanto torcia o corpo em fantásticas curvas, lambendo os lábios, como quem pensa na próxima refeição.

– Ela ainda não comeu – disse Baloo com alívio, assim que avistou o belo couro marrom e amarelo.

– Cuidado, Baguera. Ela sempre fica um pouco cega depois que muda de pele e ataca muito rápido.

Kaa não era uma cobra venenosa – na verdade, tinha até um certo desprezo pelas cobras venenosas, achava-as covardes. Sua força concentrava-se no abraço do qual, uma vez em torno da vítima, não havia como escapar.

– Boa caçada! – gritou Baloo, sentando-se.

Como todas as cobras de sua espécie, Kaa era um pouco surda e não escutou o chamado logo de primeira. Preparou-se para o bote.

– Boa caçada para todos nós! – respondeu. – Olá Baloo! O que está fazendo aqui? Boa caçada, Baguera! Um de nós pelo menos tem que comer, não é? Estão sabendo de uma boa caça? Um antílope qualquer, fêmea ou macho. Estou vazia como um poço sem água.

– Estamos caçando – disse Baloo, como quem não quer nada. Ele sabia que não era bom apressar Kaa. Uma serpente daquele tamanho não era bom que se sentisse pressionada.

– Deixem-me ir caçar com vocês – pediu Kaa. – Para vocês não faz muita diferença, enquanto eu tenho que esperar dois dias em um pátio e ficar quase uma noite inteira em cima de uma árvore para ter a chance de pegar um simples filhote de macaco. Tss ... Os galhos de hoje não são como os do meu tempo. Galhos secos e apodrecidos, todos eles.

– Talvez você esteja um pouco pesada demais para eles – sugeriu Baloo.

– Eu estou com o peso ideal. O peso ideal! – disse Kaa, cheia de orgulho. – O problema não é meu e sim dessas árvores recém-plantadas. Na última vez eu quase caí, quase caí realmente. E o barulho acordou todo o *Bandar-Log,* e eles começaram a me xingar das piores coisas.

– Verme amarelo sem pés – disse Baguera, como se estivesse tentando lembrar de alguma coisa.

– Ssss! Foi disso que eles me chamaram? – perguntou a serpente.

– Alguma coisa assim. Ficaram gritando para que nós ouvíssemos, na última lua. Mas não lhes demos atenção. Eles são capazes de dizer qualquer coisa, até mesmo que você não passa de uma cobra desdentada, que só tem coragem de enfrentar os filhotes, porque..., bem, aqueles sem-vergonhas, eles dizem que você morre de medo dos chifres dos bodes – continuou Baguera.

Bem, uma serpente, especialmente uma serpente velha e desconfiada como Kaa, dificilmente mostra quando está irritada, mas Baloo e Baguera puderam ver os músculos da garganta de Kaa ondularem-se e saltarem para fora.

– O *Bandar-Log* mudou de território – disse Kaa calmamente. Hoje, quando vim para o sol, eu os ouvi gritando em cima das árvores.

– E é exatamente o *Bandar-Log* que estamos seguindo – disse Baloo, mas as palavras saíram com dificuldade, pois era a primeira vez, que ele se lembrasse, que alguém do Povo da Selva se dava ao trabalho de se preocupar com o que os macacos andavam aprontando.

– Bem, sem dúvida não é por qualquer coisinha que dois caçadores como vocês, líderes, com certeza, estão atrás do *Bandar-Log* – respondeu Kaa delicadamente, disfarçando sua curiosidade.

– Na verdade – começou Baloo –, eu não passo de um velho e, muitas vezes idiota, professor da Lei da Selva e Baguera aqui...

– Baguera é Baguera – completou a Pantera Negra, e suas mandíbulas cerraram-se com força, pois essa humildade toda não lhe agradava muito. – O problema é o seguinte, Kaa: esses ladrões de castanhas e folhas roubaram o nosso filhote de homem, de quem você já deve ter ouvido falar.

– Ikki me falou alguma coisa sobre um humano que foi criado com lobos, mas eu não acreditei. Ikki sempre pega as histórias pela metade e as conta de qualquer jeito.

– Mas é verdade. É um filhote de homem muito especial – disse Baloo. – O melhor, mais inteligente e mais corajoso de todos os filhotes de homem – meu aluno. Aquele que tornará o nome de Baloo famoso por toda a selva e, além disso, eu... nós... o amamos, Kaa.

– Tss! Tss! – comentou Kaa, balançando a cabeça. – Eu também já ouvi falar em amor. Conheço algumas histórias que poderia lhes contar e que...

– Que levariam uma noite inteira, se estivéssemos todos descansados e bem-alimentados para podermos apreciá-las – inteirou Baguera. – Nosso filhote de homem está nas mãos do *Bandar-Log* agora e sabemos que a única criatura que eles temem em toda a selva é Kaa!

– Eles me temem, sim. E têm boas razões para isso – disse Kaa. – Tagarelas, bobos e vaidosos – vaidosos, bobos e tagarelas. Mas um humano nas mãos deles está em maus lençóis. Eles se cansam das nozes que pegaram e jogam no chão, carregam um galho um dia inteiro como se fossem fazer algo muito importante com aquilo e de repente o partem ao meio. Eu não invejaria esse filhote de homem. Eles me chamam também de Peixe Amarelo, não é?

– Verme, verme, minhoca – disse Baguera. – Além de outras coisas que eu tenho vergonha de repetir!

– Precisamos lembrá-los de que devem falar bem de seres superiores. Temos que reavivar suas memórias. Bem, para onde é que foram com o filhote?

– Só a selva sabe. Em direção ao pôr do sol, eu creio – disse Baloo. – Nós achávamos que você saberia, Kaa.

– Eu? Como? Eu os pego quando estão no meu caminho, mas nunca procuro por eles, nem os *Bandar-Log*, nem sapos ou essa ralé!

– Ei! Aqui em cima! Olhe para cima, Baloo do Bando Seeonee!

Baloo olhou para ver de onde vinha aquela voz e viu Chil, o Abutre, descendo com o sol batendo em suas asas abertas. Estava quase na hora de ele ir dormir, mas tinha andado por toda a selva procurando por Baloo e não o vira por causa da espessa folhagem.

– O que é? – perguntou Baloo.

– Eu vi Mogli, com o *Bandar-Log*. Ele me pediu para falar com vocês. Eu fiquei observando e vi o *Bandar-Log* levando-o, através do rio, para a Cidade dos Macacos, para as Tocas Frias. Eles podem ficar lá por uma noite, ou dez noites, ou só uma hora. Eu pedi aos morcegos que cuidassem durante a noite. Esse é o recado. Boa caçada para vocês todos aí embaixo!

– Bom apetite e durma bem, Chil – gritou Baguera. – Vou lembrar de você na minha próxima caça e guardarei uma cabeça só para você, meu amigo! Obrigada!

– Não tem de quê! O garoto usou as palavras certas. Eu não fiz nada de mais! – E Chil fez um círculo para o alto e tomou seu rumo outra vez.

– Ele não esqueceu sua língua – disse Baloo, com orgulho. – Pensar que ele é tão jovem e mesmo enquanto estava sendo puxado de um lado para o outro nas árvores conseguiu lembrar da língua das aves para falar com Chil.

– Bem, digamos que ela foi muito bem incutida dentro dele – disse Baguera. – Mas eu também estou orgulhosa dele. E agora vamos para as Tocas Frias.

Todos eles sabiam onde era esse lugar, mas quase ninguém do Povo da Selva ia lá, porque o que eles chamavam de Tocas Frias era uma velha cidade, completamente deserta, perdida e enterrada no meio da selva, e os animais raramente usam um lugar que já tenha sido usado pelos homens alguma vez. Os javalis selvagens andavam por lá, mas os animais de caça, nunca. Além do mais, os macacos viviam lá, se é que se pode dizer que os macacos vivem em algum lugar, e portanto nenhum animal que se preze se aproxima, a não ser em tempos de seca, quando os tanques e reservatórios em ruínas conservam um pouco de água.

– É quase uma noite inteira de viagem, isso se andarmos depressa – disse Baguera, e viu que Baloo ficou sério.

– Vou tentar andar o mais rápido que eu puder – falou ele, com ansiedade.

– Nós não podemos nos dar ao luxo de esperar por você. Siga-nos, Baloo. Eu e Kaa vamos na frente.

– Mesmo sem pés, posso andar tão rápido quanto vocês com quatro – disse Kaa.

Baloo ainda tentou apressar-se, mas teve que sentar, ofegante, e eles acabaram deixando-o para trás, enquanto Baguera corria na frente, naquele seu galope de pantera. Kaa não dizia nada, mas conseguia acompanhar Baguera. Quando chegaram ao riacho, Baguera ultrapassou Kaa, pois atravessou-o saltando, enquanto a serpente cruzou-o a nado, com apenas a cabeça e um pedaço do corpo para fora. Mas assim que pisaram em terra firme outra vez, Kaa emparelhou com ela.

– Pelo cadeado quebrado que me libertou – disse Baguera, surpresa –, você de lenta não tem nada, hein?

– Estou com fome – disse Kaa. – Além do mais, não esqueço que eles me chamaram de rã pintada.

– Minhoca – e minhoca amarela, ainda por cima!

– Dá na mesma. Vamos em frente – e Kaa dava a impressão de deslizar pelo chão, sempre encontrando o caminho mais curto com seus olhos firmes e sem se desviar um milímetro.

Nas Tocas Frias, o Povo Macaco não estava nem pensando nos amigos de Mogli. Eles haviam levado o menino para a cidade perdida e estavam muito satisfeitos. Mogli nunca tinha visto uma cidade indiana antes e, apesar de esta não ser mais do que um monte de ruínas, pareceu-lhe, mesmo assim, muito bonita. Algum rei a havia mandado construir muito tempo atrás em uma montanha. Ainda dava para ver o caminho de pedras que levava até os portões em ruínas, onde as últimas lascas de madeira se prendiam às dobradiças gastas e enferrujadas. Árvores haviam crescido dentro e fora dos muros, que desmoronavam, e trepadeiras se grudavam nas janelas das torres em tufos grossos.

Um enorme palácio sem teto coroava a montanha, o mármore dos jardins e das fontes estava todo quebrado e manchado de verde e vermelho, e as pedras do pátio onde viviam os elefantes do rei estavam partidas e cobertas de grama e mato que cresciam. Do palácio podiam-se avistar várias fileiras de casas sem teto, que pareciam favos de mel vazios enegrecidos, um bloco de pedra já sem forma que havia sido um busto na praça onde quatro ruas se cruzavam, buracos nas esquinas onde ficavam os chafarizes públicos e os domos destruídos dos templos com figueiras selvagens crescendo por todos os lados. Os macacos diziam que o lugar era deles e fingiam desprezar o Povo da Selva por morarem na floresta. Porém, não tinham a mínima ideia do porquê daquelas construções estarem ali e de que maneira deveriam ser usadas. Sentavam-se em círculos no corredor onde havia sido a Câmara do Conselho do Rei, catando pulgas e fingindo ser homens, ou então entravam e saíam correndo das casas sem telhados e juntavam pedaços de plásticos e tijolos velhos em um canto e logo esqueciam onde tinham escondido, e começavam a brigar e a gritar e de repente paravam e iam brincar e correr de um lado para o outro nos terraços e jardins, onde sacudiam as roseiras e as laranjeiras só para verem as flores e as frutas cair. Exploravam todas as passagens e quartos escuros do palácio, mas nunca conseguiam lembrar o que tinham visto e o que não tinham, e saíam sem rumo, em duplas ou grupos, achando que estavam se comportando exatamente como homens. Eles bebiam nos tanques e deixavam tudo enlameado e brigavam por causa disso, e daqui a pouco já saíam em bando outra vez, gritando que não havia na selva povo mais inteligente, mais forte ou melhor do que o *Bandar-Log*. Até que tudo recomeçava e eles se cansavam da cidade e voltavam para o topo das árvores, sempre esperando serem notados pelo Povo da Selva.

Mogli, que havia sido educado pela Lei da Selva, não conseguia entender esse modo de vida. Os macacos o arrastavam para as Tocas Frias à tardinha e, em vez de irem dormir, como Mogli teria feito depois de uma viagem tão longa, davam-se as mãos para dançar e cantar suas músicas tolas. Um dos macacos fez um longo discurso, dizendo a seus companheiros que a captura de Mogli marcava uma nova fase na história do *Bandar-Log*, pois Mogli os ensinaria a construir abrigos contra a chuva e o vento, com gravetos e bambus. Mogli pegou alguns cipós e começou a tecê-los, e os macacos tentaram imitá-lo, mas logo em seguida perderam todo interesse e começaram a puxar o rabo uns dos outros, a pular ou andar de quatro, aos gritos.

– Eu estou com fome – disse Mogli. – Não conheço nada dessa parte da selva. Tragam-me comida, ou deixem-me sair daqui para caçar.

Uns vinte ou trinta macacos saíram em busca de nozes e mamão, mas durante o trajeto começaram a brigar e não se deram ao trabalho de voltar para recolher as frutas que perderam pelo caminho. Mogli estava cansado, irritado e com muita fome, e andava pela cidade vazia gritando o Chamado do Caçador Estrangeiro, mas ninguém respondia e ele deu-se conta de que estava em péssima situação.

"Tudo o que Baloo sempre falou sobre o *Bandar-Log* é verdade", ele pensou. "Eles não têm lei, não têm um grito de caça e nem líderes, nada. Só servem para dizer bobagens e roubar. Portanto, se eu acabar morrendo de fome, ou me matarem aqui, a culpa será toda minha. Mas eu tenho que tentar voltar para minha selva. Baloo, certamente, vai me bater, mas assim mesmo é melhor do que ficar aqui arrastando roseiras com o *Bandar-Log*."

Mal ele tinha chegado ao muro da cidade, os macacos o puxaram de volta, dizendo que ele não tinha ideia do quanto era feliz e beliscando-o, querendo que ele lhes agradecesse. Mogli fechou a cara e não disse nada. Foi com os macacos, sempre aos gritos, para um terraço em cima dos reservatórios de pedras vermelhas, com água até a metade.

Havia, no meio desse terraço, uma casa de veraneio de mármore branco, aos pedaços, que fora construída para rainhas mortas havia cem anos. Metade da cúpula estava caída e bloqueava a passagem subterrânea por onde as rainhas costumavam entrar vindas do palácio; as paredes eram feitas de mármore rajado, com ágata e jaspe, cornélia e lápis-lazúli, e quando a lua vinha de trás da montanha brilhava através dos ornamentos, fazendo sombras no chão que pareciam bordados de veludo negro. Mesmo cansado, faminto e dolorido, Mogli não pôde deixar de rir quando os *Bandar-Log*, todos ao mesmo tempo, começaram a falar do quão inteligentes, fortes e delicados eles eram e de como ele fora tolo por querer deixá-los.

– Nós somos livres. Somos incríveis, maravilhosos! Somos livres! Somos o povo mais maravilhoso de toda a selva! Todos dizemos isso, portanto deve ser verdade! – gritavam. – E agora, como você está aqui há pouco tempo e pode espalhar as nossas palavras por toda a selva, para que eles possam reparar em nós futuramente, nós lhe contaremos tudo sobre nossas maravilhosas personalidades.

Mogli não fez objeção alguma, e os macacos se reuniram às centenas no terraço para ouvir uns aos outros enaltecer as qualidades de seu povo, e sempre que um parava de falar para tomar fôlego, todos gritavam ao mesmo tempo que aquilo era verdade, eles estavam ali como testemunhas. Mogli balançava a cabeça, piscava e dizia sim para o que quer que lhe perguntassem, tonto com toda aquela barulheira. "Tabaqui, o chacal, deve ter mordido todo esse povo", ele pensava. "E agora estão todos loucos. Só pode ser o DEWANEE, a loucura. Será que eles nunca dormem? Lá vem uma nuvem, que cobrirá a lua; se pelo menos fosse uma nuvem bem grande, eu poderia tentar fugir no escuro. Mas estou muito cansado."

Essa mesma nuvem estava sendo observada por dois bons amigos no fosso embaixo do muro da cidade, pois Baguera e Kaa, sabendo como os macacos em bando podem ser perigosos, não queriam correr nenhum risco. Os macacos nunca lutam se não for de cem contra um e ninguém na selva se arriscaria a aceitar essa condição.

– Vou pelo muro do lado oeste – sussurrou Kaa –, e desço com o declive do terreno a meu favor. Eles não vão se jogar às centenas nas minhas costas, mas...

– Eu sei... seria bom se Baloo estivesse aqui, mas temos que fazer o melhor possível. Assim que aquela nuvem cobrir a lua, eu vou para o terraço. Eles estão tendo uma espécie de reunião a respeito do garoto.

– Boa caçada – disse Kaa, muito séria, e deslizou na direção oeste. Aquela parte do muro, afinal, era a menos estragada de todas, e a serpente acabou demorando mais do que previra para encontrar um caminho entre as pedras. A lua se escondia por detrás da nuvem, e Mogli se perguntava o que estaria por vir, quando ouviu os passos mansos de Baguera no terraço. A Pantera Negra subira quase sem fazer barulho e jogara-se por cima dos macacos, sem perder tempo, mordendo-os. Houve uma gritaria de pavor e ódio, e Baguera pisava em cima dos corpos que iam rolando embaixo dela, até que um dos macacos gritou:

– É só um! Vamos matá-lo! Vamos matá-lo!

Uma massa confusa jogou-se contra Baguera, mordendo, arranhando, empurrando, enquanto cinco ou seis deles seguravam Mogli, arrastavam-no parede acima da casa de veraneio e o empurravam para dentro pelo domo quebrado. Um garoto que tivesse sido criado como homem teria se machucado gravemente, pois a queda era grande, mas Mogli caiu como Baloo sempre o ensinara a cair e chegou lá embaixo de pé.

– Fique aí – gritaram os macacos –, fique aí até matarmos o seu amigo e mais tarde viremos brincar com você – isto é, se o Povo Venenoso deixar você vivo.

– Somos do mesmo sangue, vocês e eu – disse Mogli, rápido, fazendo o chamado na língua das serpentes. Em seguida ouviu um silvo e um sussurro por perto e fez o chamado pela segunda vez, para garantir.

– Sim. Todos parados! – sussurraram uma meia dúzia de vozes (cada ruína na Índia torna-se, mais cedo ou mais tarde, um ninho de cobras). – Fique parado, irmãozinho, pois seus pés podem nos machucar.

Mogli ficou o mais imóvel que pôde, espiando através da rachadura do domo e escutando a algazarra furiosa da briga com a pantera, os rugidos e ganidos e o grito profundo de Baguera à medida que avançava sobre seus inimigos e defendia-se de tudo que era lado.

Era a primeira vez, desde que nascera, que Baguera estava lutando para salvar a própria vida.

"Baloo também deve estar por perto; Baguera não viria sozinha até aqui," pensou Mogli, e gritou bem alto: – Para o tanque, Baguera. Mergulhe no tanque. Pra água, vamos!

Baguera ouviu e só de saber que Mogli estava vivo recobrou o ânimo. Foi abrindo caminho com desespero, passo a passo em direção aos reservatórios, em silêncio. Até que, do muro em ruínas próximo à selva, ergueu-se o grito de guerra de Baloo. O velho urso tinha feito o maior esforço, mas não conseguira chegar antes.

– Baguera – gritou. – Estou chegando! Minhas patas escorregam nessas pedras, mas estou indo! Oh, o maldito *Bandar-Log*! – E alcançou o terraço, para ser imediatamente envolvido por um monte de macacos, mas sentou-se, movimentando as patas o máximo que pôde, e atacou tantos quanto foi possível, batendo sem parar, para todos os lados.

O barulho na água fez Mogli saber que Baguera tinha conseguido chegar até o tanque, onde os macacos não conseguiriam alcançá-la. A pantera ficou ali, ofegante, com a cabeça para fora da água, tentando respirar, enquanto os macacos pulavam de um lado para outro, nas pedras vermelhas, com raiva, prontos para avançar sobre ela, caso saísse dali para socorrer Baloo. Foi aí que Baguera levantou o queixo e, em desespero, gritou o Chamado das Serpentes, pedindo ajuda, "Somos do mesmo sangue, eu e você", pois imaginava que Kaa tivesse desistido no meio do caminho. Até mesmo Baloo, esmagado embaixo dos macacos no terraço, não pôde deixar de dar um risinho debochado ao ouvir a Pantera Negra pedindo ajuda.

Kaa tinha acabado de abrir caminho pelo muro oeste, descendo tão estabanadamente que deslocara uma pedra para dentro do fosso. Ela pretendia fazer bom uso das vantagens que tinha sobre o terreno e enrolou-se e desenrolou-se várias vezes para certificar-se de que todo seu corpo estava em pleno funcionamento. Enquanto isso, a luta com Baloo prosseguia, os macacos guinchavam ao redor do tanque onde estava Baguera, e Mang, o Morcego, voava de lá para cá levando as notícias da grande luta na selva. Até mesmo Hathi, o Elefante Selvagem, espalhou a notícia aos quatro ventos. De longe, bandos de macacos espalhados pela selva se reuniram e foram saltando pelas árvores para ajudar seus companheiros nas Tocas Frias, e o barulho da luta acordou os pássaros a milhas de distância. Até que chegou Kaa, direta, veloz e com vontade de matar. O poder de luta de uma serpente está nos golpes de sua cabeça apoiada por toda a força e o peso de seu corpo. Se você imaginar uma lança, um aríete ou um martelo pesando quase meia tonelada comandado por uma mente fria e silenciosa, pode ter uma ideia de Kaa lutando. Uma serpente de um metro e meio de comprimento pode derrubar um homem, se bater-lhe direto no peito, e Kaa, como você sabe, tinha 30 metros de comprimento. Seu primeiro golpe foi desferido no meio do bando que cercava Baloo – que debandou em silêncio sem esperar um segundo ataque. Os macacos se espalharam gritando:

– Kaa! É Kaa! Fujam!

Várias gerações de macacos haviam sido criadas com medo de Kaa e, para se comportarem bem, ouviam histórias da serpente que escorregava pelos galhos em silêncio e de noite roubava até os macacos mais fortes. As serpentes conseguiam disfarçar-se em galho ou em um toco de árvore e até os mais espertos se enganavam, até que o galho ou o toco atacava.

Kaa era tudo o que os macacos mais temiam na selva, pois nenhum deles sabia os limites de sua força, nenhum deles conseguia encará-la e nenhum havia escapado vivo do seu abraço. Por isso saíram correndo, aterrorizados, em direção aos muros e aos telhados das casas, e Baloo deu um longo suspiro de alívio.

Seu pelo era muito mais espesso do que o de Baguera, mas, ainda assim, machucara-se seriamente naquela luta. Então Kaa abriu a boca pela primeira vez e deu um longo silvo; os macacos que tinham vindo de longe em defesa dos que estavam nas Tocas Frias paralisaram, encolhidos de medo, até que os galhos onde se penduravam quebraram com o peso. Os macacos nos muros e nas casas vazias calaram-se, e no silêncio que se fez na cidade, Mogli pôde ouvir Baguera saindo do tanque e sacudindo-se toda para secar. Até que a gritaria começou outra vez. Os macacos saltaram para os pontos mais altos das árvores, grudaram-se nos pescoços das estátuas e gritavam, saltando uns sobre os outros, enquanto Mogli, dançando na casa de veraneio, espiava pelas frestas do domo e sorria de desprezo por eles.

– Tire o filhote de homem daí, eu não aguento mais – gritou Baguera, ofegante. – Vamos pegar o filhote de homem e sair daqui antes que eles ataquem novamente.

– Eles não vão se mexer enquanto eu não mandar. Fiquem aí! – silvou Kaa, e a cidade silenciou outra vez. – Não pude vir antes, meu irmão, mas tenho a impressão de ter ouvido seu chamado – disse a Baguera.

– Eu... Bem, eu devo ter gritado durante a luta – respondeu Baguera. – Baloo, você se machucou?

– Eu não garanto que eles não tenham me picado em centenas de pequenos ursinhos – disse Baloo, bem sério, sacudindo uma perna depois da outra. – Uau! Estou exausto. Kaa, nós devemos nossa vida a você. Eu e Baguera.

– Não importa. Onde está o homenzinho?

– Aqui, estou preso! Não consigo subir – gritou Mogli. O domo quebrado estava sobre sua cabeça.

– Tirem-no daqui. Ele dança como Mao, o Pavão. Vai acabar machucando nossos filhotes – disseram as cobras lá dentro.

– Aah! Ele tem amigos em toda parte, esse homenzinho! – disse Kaa, com uma gargalhada. – Vá para trás, homenzinho, e vocês, Povo Venenoso, escondam-se. Vou quebrar a parede.

Kaa olhou com atenção, até achar uma rachadura nas placas de mármore, mediu a distância e então, erguendo seu corpo a uns dois metros do chão, deu uma meia dúzia de golpes certeiros. A parede cedeu e desmoronou, e, de uma nuvem de pó e sujeira, surgiu Mogli, saltando e abraçando Baguera e Baloo.

– Você está ferido? – perguntou Baloo, enquanto o abraçava.

– Estou cansado, com fome e machucado, mas, oh, eles acertaram vocês de verdade, hein? Vocês estão sangrando!

– Sim, mas eles também – disse Baguera, lambendo os lábios e olhando para o macaco morto no terraço perto do tanque.

– Nada disso importa, se você está são e salvo. Meu pequeno sapo, como me orgulho de você! – disse Baloo, comovido.

– Bem, sobre isso nós falaremos depois – disse Baguera, em um tom seco, que Mogli não gostou nem um pouco. – Mas aqui está Kaa, a quem devemos a vitória, e você deve a sua vida. Agradeça a ela, de acordo com nossos costumes, Mogli.

Mogli virou-se e viu a cabeça da grande serpente balançando em cima da sua.

– Então este é o homenzinho! – disse Kaa. – Que pele macia você tem! E não é muito diferente do *Bandar-Log*. Cuidado, filhote de homem, para que eu não o confunda com um macaco em um desses crepúsculos em que eu tiver acabado de mudar de pele.

– Somos do mesmo sangue, você e eu – respondeu Mogli. – Devo minha vida a você; a partir desta noite minha caça será sua caça sempre que estiver com fome, Kaa.

– Muito obrigada, irmãozinho – disse Kaa, piscando. – E o que caça um caçador tão corajoso? Pergunto porque talvez possa segui-lo numa próxima viagem.

– Eu não mato nada, sou muito novo, mas conduzo cabras até onde alguém possa pegá-las. Quando você estiver com fome, venha até mim e verá que estou falando a verdade. Eu sou bom nisso – disse, estendendo as mãos. – E se algum dia você cair em uma armadilha poderei pagar a dívida que tenho com você, com Baguera e com Baloo, aqui. Boa caça para vocês todos, meus mestres.

– Muito bem – rosnou Baloo, pois Mogli fizera o agradecimento com perfeição. A serpente encostou a cabeça no ombro de Mogli por uns momentos.

– Um coração bravo e uma fala delicada – disse. Isto o levará para longe da selva, homenzinho. Mas agora saia daqui rápido com seus amigos. Vá dormir, pois a lua já se pôs e o que vai acontecer agora não é bom que você veja.

A lua se escondia atrás dos montes, e as fileiras de macacos todos juntos nos muros pareciam umas coisas esfarrapadas e trêmulas. Baloo desceu para o tanque para beber água, Baguera começou a ajeitar seu pelo, e Kaa deslizou até o centro do terraço e fechou suas mandíbulas com um ruído que fez com que os olhos de todos os macacos se voltassem para ela.

– A lua se pôs – ela disse. – Ainda podem me ver?

Das muralhas veio um gemido, como o vento nas árvores:

– Podemos te ver, sim, Kaa.

– Ótimo. Agora começa a Dança – a Dança da Fome de Kaa. Fiquem parados e observem.

A serpente torceu-se duas ou três vezes em círculo, movendo a cabeça da direita para a esquerda. Então começou a desenhar laços e o número oito com seu corpo, triângulos que se desfaziam em quadrados e pentágonos, nunca parando, nem se apressando nem deixando de cantar. Foi ficando cada vez mais escuro, até que, finalmente, os desenhos foram desaparecendo, mas ainda podia-se ouvir o roçar das escamas.

Baloo e Baguera estavam duros feito pedra, rosnando, com os pelos do pescoço em pé. Mogli observava, pensativo.

– *Bandar-Log* – disse a voz de Kaa, finalmente. – Vocês podem mover os pés ou as mãos sem a minha ordem? Falem!

– Sem sua ordem, não movemos pés nem mãos, ó, Kaa!

– Ótimo! Aproximem-se!

As fileiras de macacos aproximaram-se desajeitadamente e Baloo e Baguera deram também um passo à frente.

– Mais perto! – silvou Kaa, e eles todos andaram mais um pouco. Mogli pôs as mãos em Baloo e Baguera para saírem dali, e os dois reagiram como se tivessem despertado de um sonho.

– Deixe a sua mão no meu ombro – sussurrou Baguera. – Deixe-a aqui ou eu vou acabar seguindo a Kaa!

– É apenas a velha Kaa fazendo círculos na poeira – disse Mogli. – Vamos embora! – e saíram os três, correndo por uma fenda no muro, em direção à selva.

– Ufa! – suspirou Baloo, assim que sentou embaixo das árvores. – Nunca mais tornarei a fazer pactos com Kaa – disse com um arrepio.

– Ela sabe mais do que nós – disse Baguera, tremendo.

– Se eu tivesse ficado, em pouco tempo estaria dentro de sua garganta.

– Muitos trilharão esse caminho antes que a lua se ponha outra vez – disse Baloo. – Ela terá uma boa caçada hoje, no seu estilo.

– Mas o que significa isso tudo? – perguntou Mogli, que não sabia nada do poder de sedução das serpentes. – Não vi nada além de uma velha cobra fazendo círculos ridículos até o anoitecer. E com o nariz todo machucado. Ho! Ho!

– Mogli – disse Baguera, zangada –, o nariz dela estava machucado por sua causa, assim como minhas orelhas, costelas e patas e o pescoço e os ombros de Baloo. Nem Baloo e nem Baguera poderão caçar sem problemas nos próximos dias.

– Isso não importa – disse Baloo. – O filhote de homem está conosco outra vez, isso é que conta!

– Concordo, mas ele nos custou em tempo, ferimento e pelos o que poderíamos ter gasto caçando – estou com as minhas costas depenadas –, e custou-nos em honra, o que é muito pior. Porque – lembre-se, Mogli – eu, a Pantera Negra, fui forçada a pedir a ajuda de Kaa, e Baloo e eu fizemos papel de idiotas com a Dança da Fome. E tudo isso, filhote de homem, porque você inventou de ir brincar com o *Bandar-Log*.

– É verdade, é verdade – disse Mogli, com pesar. – Sou um Filhote de Homem muito mau e estou muito arrependido.

– Mff! O que é que diz a Lei da Selva sobre isso, Baloo?

Baloo não queria causar mais problemas a Mogli, mas não poderia ignorar a Lei, portanto murmurou, meio forçado:

– Arrependimento não evita a punição. Mas lembre, Baguera, ele ainda é uma criança.

– Eu não vou esquecer, mas ele agiu errado e os erros devem ser reparados. Mogli, você tem alguma coisa para dizer?

– Não. Eu errei, Baloo. E vocês estão machucados. É justo que eu seja punido.

Baguera deu-lhe uma meia dúzia de palmadas, que, do ponto de vista de uma pantera, mal davam para acordar um filhote, mas para um garoto de sete anos era uma surra severa o suficiente para ele querer evitá-la. Quando terminou, Mogli levantou-se, fungando, sem dizer uma palavra.

– Agora – disse Baguera – suba nas minhas costas, irmãozinho, e vamos para casa.

Uma das coisas mais bonitas da Lei da Selva é que o castigo deixa tudo em pratos limpos. Não há ressentimentos.

Mogli encostou a cabeça no dorso de Baguera e dormiu tão profundamente que não acordou nem ao ser colocado do lado da Mãe Loba, na caverna.

Canção da Estrada do *Bandar-Log*

Aqui vamos nós, nessa festa sem fim,
Que até a lua nos olha com ciúme!
Vocês não têm inveja de nós?
Também não gostariam de ter tantas mãos?
Não adorariam ter caudas tão longas
Como a flecha do cupido?
    Agora você está zangado – mas não deve se importar
    Sua cauda vai segui-lo aonde quer que você vá!

Aqui estamos sentados neste galho,
Pensando nas lindas coisas que conhecemos;
Sonhando com tudo o que ainda faremos,
Tudo em um ou dois minutos vamos aprontar.
Faremos coisas nobres e grandes,
Desde que, para isso, baste apenas desejar
    Agora vamos indo – mas não se preocupe
    Sua cauda vai segui-lo onde quer que você vá!
Toda a conversa que já escutamos
Dos morcegos, das feras ou dos pássaros
De criaturas de pelo ou de penas também!
Falando todos ao mesmo tempo, como convém!
Ótimo! Maravilhoso! Mais uma vez!
Agora falamos como os homens, não veem?
    Vamos fingir que somos... tudo bem!
    Sua cauda vai segui-lo aonde quer que você vá!
    Esse é o estilo de ser do Macaco!

Então junte-se a nós, pulando pelas árvores
Alcançando os pontos mais altos
E pelo barulho que fazemos e pelo que deixamos pelo caminho,
Esteja certo! Nunca vamos sozinhos! Grandes coisas juntos faremos!

Tigre! Tigre!

O que aconteceu com a caça, bravo caçador?
Irmão, a espera foi longa e fria.
O que aconteceu com a vítima que você ia pegar?
Irmão, ela ainda anda aí pela selva.
O que aconteceu com a força de que você tanto se orgulhava?
Irmão, ela escapou de mim por todos os lados.
O que aconteceu com a pressa que te faria correr?
Irmão, estou indo para minha toca – para morrer.

Bem, agora temos que voltar para a primeira história: quando Mogli deixou a caverna do lobo, depois da luta com a matilha na Pedra do Conselho, desceu para as lavouras onde viviam os camponeses, mas não parou por ali, porque estava perto demais da selva e sabia que havia feito pelo menos um grande inimigo no Conselho. Então, apressou o passo, pegando a estrada ruim que descia até o vale, e seguiu por ela num passo firme, até chegar a um lugar desconhecido. O vale abria-se em uma grande planície pontilhada de rochas e cortada por ravinas. Em uma ponta ficava um pequeno vilarejo e na outra a espessa selva descia até as pastagens e parava ali como se tivesse sido cortada com uma enxada. Por toda a planície havia búfalos e gado pastando, e quando os pequenos pastores viram Mogli começaram a gritar e saíram correndo, e os vira-latas amarelos, que sempre perambulavam pelas vilas na Índia, puseram-se a latir. Mogli seguiu em frente, pois estava com fome, e quando chegou ao portão da vila viu o grande arbusto de espinhos que colocavam na frente do portão ao escurecer.

– Humf! – ele disse, pois tinha encontrado mais de uma barricada desse tipo em suas andanças noturnas enquanto procurava comida. – Então quer dizer que os homens aqui também têm medo do Povo da Selva! Sentou na frente do portão e, assim que um homem saiu, levantou-se, abriu a boca e apontou para mostrar que queria comer. O homem olhou, assustado, e correu para a rua do vilarejo aos gritos, chamando pelo padre, um homem grande, gordo, vestido de branco, com uma marca vermelha e amarela na testa.

O padre veio até o portão e com ele mais cem pessoas, que olhavam, falavam e gritavam apontando para Mogli.

"Como são mal-educados, esses homens", pensou Mogli. "Só mesmo os macacos se comportariam desse jeito!" Jogou para trás seus longos cabelos e encarou a multidão.

– Do que é que vocês têm medo? – perguntou o padre. – Olhem as marcas nas pernas e braços dele. São mordidas de lobos. Não passa de um menino-lobo que fugiu da selva.

De fato, quando brincavam, os lobinhos haviam mordido Mogli com mais força do que pretendiam e havia cicatrizes brancas por todo seu corpo. Mas ele seria a última pessoa a chamar isso de mordidas, pois sabia muito bem o que significava uma mordida de verdade.

– Coitadinho! – disseram duas ou três mulheres ao mesmo tempo. – Todo mordido por lobos! É um menino bonito. Tem olhos vermelhos como fogo. Por Deus, Messua, ele se parece com o seu menino que o tigre levou.

– Deixe eu dar uma olhada – disse uma mulher com pesadas pulseiras de cobre nos pulsos e tornozelos, e, segurando o rosto de Mogli com as mãos, examinou-o bem.

– Na verdade, não é. É mais magro, mas é realmente muito parecido.

O sacerdote era um homem inteligente e sabia que Messua era casada com o homem mais rico do vilarejo, por isso ergueu os olhos para o céu por um minuto e disse solenemente:

– O que a selva tirou, a selva traz de volta. Leve o menino para casa, minha irmã, e não esqueça de honrar o padre, capaz de enxergar longe na vida dos homens.

"Pelo touro que salvou minha vida", disse Mogli, para si, "isto aqui parece um outro reconhecimento, como o do Conselho! Bem, se eu sou um homem, um homem eu devo me tornar!"

A multidão se dispersou assim que a mulher levou Mogli para sua cabana, onde havia uma cama com cabeceira de verniz vermelho, uma grande caixa para armazenar grãos com um curioso desenho em alto-relevo, uma meia dúzia de panelas de cobre, uma imagem de um deus hindu em um canto e na parede um espelho de verdade, como aqueles que vendem nas feiras livres.

Ela lhe deu um copo de leite e pão, passou a mão na sua cabeça e olhou-o bem nos olhos, pois achava que talvez pudesse ser mesmo seu filho que voltava da selva, para onde o tigre o havia levado, e falou:

– Natoo, oh, Natoo! – Mogli não deu nenhuma demonstração de reconhecer o nome. – Você não lembra do dia em que eu te dei sapatos novos? – Ela tocou seus pés e eles eram duros como um chifre. – Não – disse ela, sentida –, esses pés nunca viram um sapato na vida, mas você se parece muito com meu Natoo e portanto ficará sendo meu filho.

Mogli sentia-se desconfortável, pois nunca tinha ficado embaixo de um teto antes, mas, olhando para o telhado, viu que poderia despedaçá-lo a qualquer momento se quisesse fugir e que as janelas não tinham trancas. – O que adianta ser um homem – perguntava-se –, se você não entende a língua dos homens? Eu, aqui, sou tão idiota e bobo quanto seria um homem conosco lá na selva. Tenho que aprender a falar como eles.

Não fora por pura diversão que Mogli aprendera, quando vivia com os lobos, a imitar a língua dos cervos na selva e o grunhido dos porcos selvagens. Assim, logo que Messua pronunciava uma palavra, Mogli a imitava quase perfeitamente, e antes do anoitecer já tinha aprendido o nome de uma porção de coisas na cabana.

Houve problemas na hora de dormir, pois Mogli não conseguia adormecer dentro de algo que lhe lembrasse tanto uma armadilha para panteras como aquela cabana e, assim que eles fecharam a porta, ele pulou pela janela. "Deixe-o fazer o que quiser", disse o marido de Messua. "Lembre-se de que ele não deve nunca ter dormido em uma cama. Se ele realmente nos tiver sido enviado para ocupar o lugar de nosso filho, não vai fugir."

E então Mogli foi esticar-se na grama limpa e alta na beirada do campo, mas, antes mesmo de fechar os olhos, um focinho cinzento cutucou-o embaixo do queixo.

– Humf! – disse o lobo cinzento, o mais velho dos filhotes da Mãe Loba. – Que recompensa por ter seguido você por trinta quilômetros, hein? Você já cheira a fumaça e gado – como um homem. Levante, irmãozinho! Tenho novidades.

– Estão todos bem na selva? – perguntou Mogli, abraçando-o.

– Todos, com exceção dos lobos que se queimaram com a Flor Vermelha. Agora escute: Shere Khan se foi para caçar bem longe. Até seu pelo crescer outra vez, pois ele ficou bem queimado. Mas jurou que quando voltar vai jogar os seus ossos no Waingunga.

– É bom saber. Eu também jurei algumas coisas. Mas é muito bom saber das novidades. Estou cansado hoje – muito cansado de tantas coisas novas, Irmão Cinzento, mas traga-me notícias sempre.

– Você não vai esquecer de que é um lobo? Os homens não vão fazer você esquecer disso? – perguntou o lobo, ansioso.

– Nunca. Eu sempre vou me lembrar que amo todos vocês lá da caverna. Mas também nunca vou esquecer de que fui expulso do bando.

– E você provavelmente será expulso de outro bando. O dos Homens. Homens são só homens, irmãozinho, e a conversa deles é como conversa de sapo na lagoa. A próxima vez que eu vier aqui vou esperar por você nos bambus, lá na ponta do pasto.

Durante três meses, depois dessa noite, Mogli praticamente não transpôs o portão, pois estava muito ocupado aprendendo os costumes dos homens. Primeiro, teve que colocar um pedaço de pano ao redor do corpo, o que lhe deixava horrivelmente irritado, depois teve que aprender a usar dinheiro, o que ele não conseguia, e, por fim, teve que aprender a arar, o que ele não entendia para que servia. Como se não bastasse, as crianças pequenas do vilarejo deixavam-no furioso. Felizmente a Lei da Selva tinha lhe ensinado a se controlar, pois lá a vida e a comida dependem muito de saber controlar-se, mas quando eles debochavam dele por não participar de alguns jogos ou não empinar papagaio, ou pronunciar errado alguma palavra, só mesmo a noção de que seria indigno matar filhotinhos é que evitava que os pegasse e os partisse ao meio.

Ele não tinha a mínima noção da própria força. Na selva ele sabia que era fraco em comparação com os animais, mas no vilarejo as pessoas diziam que era forte como um touro.

E Mogli não tinha a mínima ideia das diferenças que havia entre os homens, dependendo das castas.

Quando o burro do oleiro escorregou no poço, Mogli puxou-o pela cauda para fora e ajudou o oleiro a empilhar os potes para que seguisse para o mercado de Khanhiwara. Isto chocou a todos, pois o oleiro pertence a uma das castas mais baixas, e o burro do oleiro está ainda mais abaixo. Quando o padre o repreendeu, Mogli ameaçou colocá-lo sobre o burro também, e o padre foi dizer ao marido de Messua que deveriam colocar Mogli no trabalho o mais rápido possível.

O líder do povoado disse a Mogli que ele deveria levar os búfalos para pastar no dia seguinte. Ele ficou muito contente e, naquela noite, como ele agora trabalharia para o lugar, pôde participar de um círculo que se reunia todas as noites em uma plataforma de pedra embaixo de uma enorme figueira. Era o clube do vilarejo, onde o líder, mais o vigia, o barbeiro (que sabia de todas as fofocas do lugar) e o velho Buldeo, o caçador (que andava sempre com um mosquete Tower), encontravam-se para falar e fumar. Os macacos sentavam e conversavam nos galhos mais altos e havia um buraco embaixo da plataforma onde vivia uma cobra e todas as noites serviam-lhe um prato com leite, porque a cobra era sagrada, e os homens mais velhos sentavam em volta da árvore e falavam, fumando seus longos cachimbos d'água, até tarde da noite.

Contavam histórias incríveis de homens e fantasmas e Buldeo contava histórias ainda mais incríveis sobre os animais na selva, fazendo as crianças arregalarem os olhos. A maioria das histórias era sobre animais, pois a selva estava ali pertinho deles. Os cervos e os porcos selvagens danificavam as lavouras e muitas vezes os tigres raptavam um homem ao entardecer, ali, à vista de todos.

Mogli, que naturalmente conhecia um pouco do assunto, tinha que esconder o rosto para não verem que estava rindo enquanto Buldeo, com a arma sobre os joelhos, pulava de uma história fantástica para outra, e Mogli se sacudia de tanto rir.

Buldeo estava explicando que o tigre que havia levado o filho de Messua era um tigre-fantasma e seu corpo era habitado pelo espírito de um velho agiota perverso, morto uns anos antes.

– E eu sei que é verdade – dizia –, porque Purun Dass, o agiota, mancava em consequência de uma briga durante a qual seus livros de contabilidade foram queimados, e o tigre de quem estou falando também mancava, pois suas pegadas eram desproporcionais.

– É verdade, deve ser isso mesmo – diziam os velhos de barbas grisalhas, sacudindo a cabeça.

– Estas histórias não passam de mentiras e bobagens para distrair – disse Mogli. – Aquele tigre mancava porque nasceu aleijado como todo mundo sabe; imaginar que o espírito de um agiota tomou conta de um animal que nunca teve a coragem de um chacal é a maior infantilidade.

Buldeo ficou tão surpreso que não conseguiu falar por um momento, só olhando.

– Olhem só! É o menino da selva, não é? – perguntou. Se você é assim tão esperto, deveria levar o couro do tigre para Khanhiwara – o governo ofereceu cem rúpias por sua vida. E deveria principalmente ficar quieto quando os mais velhos estão falando.

Mogli levantou-se para sair.

– A noite inteira eu fiquei aqui, escutando! – gritou. – E, a não ser por uma ou duas coisas, Buldeo não disse nada que corresponda à realidade em relação à selva, que está aí bem na frente de vocês. Como é, então, que querem que eu acredite nas histórias de fantasmas, deuses e duendes que ele diz que viu?

– Já está mais do que na hora de esse garoto ir trabalhar no pasto – disse o líder, enquanto Buldeo bufava de raiva com a impertinência de Mogli.

É costume nas aldeias indianas que os garotos levem o gado e os búfalos para pastar de manhã cedo e tragam de volta à noite; o mesmo gado que pisotearia um homem branco até a morte deixa que crianças pequenas o conduzam, gritem com ele e até mesmo o espanquem. E quando essas crianças estão com eles, estão a salvo, pois nem mesmo o tigre ousa atacar uma manada reunida; mas se elas se afastam para colher uma flor ou caçar lagartos, muitas vezes são levados embora. Mogli atravessou a rua da aldeia de madrugada montado em Rama, o grande touro pastor; e os búfalos de cor cinza-avermelhado, com seus longos chifres virados para trás e olhos selvagens, saíram um por um de seus currais e foram atrás dele. Mogli deixou bem claro para as crianças que o seguiam quem era o líder. Batia nos búfalos com uma longa vara de bambu polido e mandou que Kamya, um dos meninos, cuidasse dos bois com os outros, que ele seguiria com os búfalos, e que prestasse bastante atenção para não se afastar do rebanho.

Um pasto indiano é todo cheio de pedras, moitas e barrancos onde os rebanhos se perdem e desaparecem. Os búfalos geralmente ficam pelos lagos e locais lamacentos, onde se aquecem e chafurdam durante horas.

Mogli os conduziu para a beira da planície de onde sai o rio Waingunga, depois desceu do lombo de Rama, correu até a moita de bambu e encontrou o Irmão Cinzento.

– Ah! – disse o Irmão Cinzento –, há dias que estou aqui esperando você. O que é que você está fazendo com esse rebanho?

– Foi uma ordem – disse Mogli. – Sou um guardador de rebanhos, agora. Notícias de Shere Khan?

– Ele voltou para cá e ficou esperando um tempão por você. Agora resolveu ir embora outra vez, pois a caça está difícil por aqui. Mas prometeu voltar para matá-lo.

– Muito bem – disse Mogli. – Enquanto ele estiver fora, peço que você, ou um dos quatro irmãos, sente naquela pedra, de modo que eu possa vê-los quando sair da aldeia. Quando ele voltar esperem por mim no barranco, perto da árvore no meio da planície, nós não precisamos nos enfiar boca adentro de Shere Khan.

E Mogli procurou uma sombra para deitar e dormir enquanto os búfalos pastavam à sua volta.

Ser pastor de gado na Índia é uma das atividades mais monótonas do mundo. O gado se move um pouco, come, deita-se, anda mais um pouco e sequer muge.

Eles só grunhem um pouco, e os búfalos raramente emitem algum som, mas entram nos lagos lamacentos, um depois do outro, enterram-se na lama até que só se possa ver o nariz e aqueles olhos de porcelana arregalados e ali ficam. O sol faz as pedras rangerem ao calor, e os meninos-pastores podem ouvir um abutre (nunca mais de um) cantar sobre suas cabeças, sem que se possa vê-los, e eles sabem que se um deles morrer, ou uma vaca morrer, aquele abutre descerá atrás, e outro e mais outro, de modo que, mesmo antes de estarem realmente mortos, haverá um bando de abutres vindos não se sabe de onde. E assim eles dormem, acordam e voltam a dormir e fazem pequenos cestos de grama seca e colocam gafanhotos dentro deles, ou pegam dois louva-a-deus e os fazem lutar, ou fazem colares de castanhas-selvagens vermelhas e pretas, ou ficam olhando os lagartos deitados na pedra ou uma cobra caçando um sapo perto do lamaçal. Daqui a pouco, cantam longas canções nativas com estranhas estrofes no final, e seus dias parecem durar mais tempo do que uma vida inteira das outras pessoas. E distraem-se fazendo castelos de barro com figuras de homens, cavalos e búfalos e põem bambus nas mãos dos homens de barro, fazem de conta que são reis e as figuras são seus exércitos, ou que são deuses a quem devem adorar. Até que chega a noite, os meninos chamam os búfalos, que saem daquela lama grudenta fazendo barulho, como armas de fogo disparando uma atrás da outra, e atravessam a planície cinzenta, de volta ao vilarejo com suas luzes piscando.

Dia após dia, Mogli conduzia os búfalos para os campos e todos os dias avistava o Irmão Cinzento de costas no local combinado (e assim ele sabia que Shere Khan ainda não havia voltado), e dia após dia deitava-se na grama escutando os ruídos ao seu redor e sonhando com o tempo em que vivia na selva. Se Shere Khan desse um passo em falso, com sua pata manca tentando entrar na selva pelo rio Waingunga, Mogli imediatamente escutaria naquelas longas e quietas manhãs.

Finalmente chegou o dia em que não encontrou Irmão Cinzento no local combinado. Mogli riu e conduziu os búfalos para a ravina perto da árvore (*dhâk*) coberta de flores vermelho-douradas. Lá estava o Irmão Cinzento, com os pelos de suas costas arrepiados.

– Ele ficou escondido durante um mês para ver se você se descuidava, atravessou os pastos ontem à noite com Tabaqui, sem perder tempo seguindo seu rastro – disse o lobo ofegante.

Mogli franziu a testa:

– Eu não tenho medo de Shere Khan, mas Tabaqui é muito esperto.

– Não tenha medo – disse Irmão Cinzento, lambendo os lábios. – Eu encontrei Tabaqui de madrugada. Agora ele está lá contando vantagens aos abutres, mas me contou tudo antes de eu quebrar-lhe a espinha. O plano de Shere Khan é esperar por você no portão da aldeia esta noite – por você e ninguém mais. Agora está descansando na grande ravina seca do rio Waingunga.

– Ele já comeu hoje ou vai caçar de barriga vazia? – perguntou Mogli, pois essa resposta podia significar vida ou morte para ele.

– Ele caçou de madrugada – um porco – e bebeu também. Lembre-se: Shere Khan não consegue ficar em jejum nunca, nem mesmo por vingança.

– Ah, que idiota! Que criancice! Comeu e bebeu e pensa que eu vou ficar aqui, esperando ele acordar! Onde é que ele está agora? Se houvesse uns dez dos nossos aqui poderíamos atacá-lo enquanto dorme. Esses búfalos não vão atacá-lo, a menos que sintam seu cheiro, e eu não sei falar a língua deles. Você acha que podemos seguir a trilha dele para que os búfalos sintam o seu cheiro?

– Ele nadou pelo Waingunga, até bem longe, para evitar essa possibilidade – disse Irmão Cinzento.

– Foi Tabaqui que disse a ele que fizesse isso, tenho certeza. Ele nunca teria pensado nisso sozinho. – Mogli ficou parado, pensando, com o dedo na boca. – A Grande Ravina do Waingunga. Ela dá para a planície, a pouca distância daqui. Eu posso levar o rebanho pela selva até a entrada da ravina e então percorrê-la toda, mas ele escaparia quando nos ouvisse. Irmão Cinzento, você não poderia dividir o rebanho em dois para mim?

– Eu, talvez não... Mas trouxe um ajudante muito esperto. – E o lobo saiu disparando para dentro de um buraco. De lá, ergueu-se uma cabeçona cinza que Mogli conhecia muito bem e o ar encheu-se do grito mais desolado de toda a selva – o grito de guerra de um lobo caçando ao meio-dia.

– Akela! Akela! – gritou Mogli, batendo palmas. – Eu devia saber que você não me esqueceria. Temos um grande trabalho pela frente. Divida o rebanho em dois. Vacas e bezerros de um lado e touros e búfalos de arado de outro.

Os dois lobos correram, como em uma roda, para dentro e para fora do rebanho – que bufava e erguia as cabeças – e o dividiram em dois grupos. Em um ficaram as vacas, com seus bezerros no meio, controlando e escavando, prontas para acabar com a vida do primeiro lobo que ficasse muito tempo parado ali por perto. No outro, os touros velhos e jovens búfalos, que batiam com as patas no chão e, apesar de parecerem mais imponentes, eram, na verdade, muito menos perigosos, pois não tinham filhotes a proteger. Meia dúzia de homens não teria dividido o rebanho tão bem.

– Quais são as ordens? – perguntou Akela, ofegante. – Eles estão tentando se juntar outra vez.

Mogli saltou para cima de Rama.

– Conduza os búfalos para a esquerda, Akela. Irmão Cinzento, quando nós tivermos partido, junte as vacas e leve-as até o pé da ravina.

– Até onde? – interrompeu Irmão Cinzento, ofegante.

– Alto o suficiente para que Shere Khan não possa alcançar – gritou Mogli. – Deixe-os lá, até voltarmos.

Os touros começaram a se movimentar com o grito de Akela, e Irmão Cinzento parou em frente às vacas. Elas avançaram contra ele, que correu na frente para a ponta da ravina, enquanto Akela conduzia os touros para a esquerda.

– Ótimo! Mais uma vez e elas estarão prontas. Mas, cuidado, Akela. Cuidado. Um barulho mais forte e eles o atacarão. Iáaa! Isso é um trabalho mais difícil do que conduzir cervos pretos. Você poderia imaginar que essas criaturas se movessem tão depressa? – gritou Mogli.

– Eu já cacei uns desse tipo, no meu tempo – respondeu Akela, tossindo no meio do pó. – Devemos levá-los para dentro da selva?

– Sim! Depressa! Rama está louco de raiva. Oh, se eu pudesse dizer a ele o que pretendo que faça hoje....

Os touros foram levados dessa vez para dentro da mata. Os outros meninos-pastores, vendo o gado afastar-se, correram para o vilarejo o mais depressa que puderam, gritando que os búfalos haviam enlouquecido e fugido.

Mas o plano de Mogli era bastante simples. Tudo o que ele queria era fazer um grande círculo até o alto da montanha e alcançar a ravina, então desceria com os touros para pegar Shere Khan, encurralando-o entre os touros e as vacas, pois sabia que, depois de comer e beber, Shere Khan não estaria em condições de lutar ou subir pelas encostas para fugir. Mogli ia acalmando os búfalos com sua voz, e Akela seguia atrás, apressando a retaguarda. Faziam um grande círculo, pois não queriam chegar perto demais da ravina e, com isso, alertar Shere Khan. Finalmente Mogli reuniu a manada assustada na ponta, em um gramado que descia até a ravina propriamente dita. Dessa altura era possível enxergar por entre as copas das árvores até a planície abaixo; mas o que Mogli olhava eram as laterais da ravina e viu com grande satisfação que eram bastante inclinadas e que os arbustos que cresciam nelas não aguentariam as patas de um tigre que quisesse escapar por ali.

– Deixe-os respirar, Akela – disse Mogli, erguendo a mão. – Eles ainda não farejaram o tigre. Deixe que eles respirem. Está na hora de chamar Shere Khan. Ele não escapa desta vez.

Colocou as mãos na boca e gritou em direção ao início da ravina lá embaixo – era quase como gritar dentro de um túnel – e o grito ecoou em cada pedra.

Depois de muito tempo, chegou como resposta o rosnado sonolento de um tigre de barriga cheia que acabava de despertar.

– Quem é? – perguntou Shere Khan, e um lindo pavão voou para fora da ravina, piando.

– Sou eu, Mogli! Seu ladrão de gado, chegou sua hora de ir para a Pedra do Conselho! Akela, depressa! Para baixo, Rama! Vamos, desçam!

A manada hesitou por um instante na borda da ravina, mas Akela deu seu grito de caça e eles começaram a descer, um depois do outro, parecendo cachoeira, fazendo voar pedras e areia ao redor. Depois que começaram não conseguiam parar e pouco antes de chegarem ao leito da ravina Rama farejou Shere Khan e mugiu.

– Arra! – disse Mogli, montado no animal. – Agora você já sabe! – E a torrente de chifres negros, focinhos espumantes e olhos vermelhos e arregalados desabou para dentro da ravina, como pedras levadas pela enchente. Os mais fracos eram espremidos nas laterais, na tentativa de subir pelos arbustos. Eles sabiam o que estava acontecendo à sua frente. O estouro de uma manada de búfalos, contra a qual nenhum tigre pode fazer nada. Shere Khan ouviu o estouro das patas, arrastou-se ravina abaixo, vasculhando todos os lados, tentando encontrar uma maneira de escapar, mas as paredes da ravina eram retas e ele tinha que continuar, pesado de tanto comer e beber, querendo fazer qualquer outra coisa, menos lutar.

O rebanho mergulhou no lago que ele deixara, mugindo; Mogli escutou um mugido de resposta vindo do pé da ravina, viu Shere Khan virar-se (o tigre sabia que, se as coisas piorassem, seria melhor enfrentar os búfalos do que as vacas com seus filhotes), e então Rama tropeçou em alguma coisa macia e, com os búfalos nos seus calcanhares, bateu de frente na outra manada, enquanto os búfalos mais fracos eram derrubados. Esse confronto levou as duas manadas para a planície, batendo forte com as patas e bufando. Mogli esperou a hora e desceu de Rama, tangendo com sua vara os animais dos dois lados.

– Rápido, Akela! Vamos separá-los. Separe-os, ou eles começarão a brigar entre si. Leve-os daqui, Akela,

Hai, Rama! Hai! Hai! Hai! Vamos crianças! Acalmem-se. Podem se acalmar agora. Terminou a luta.

Akela e o Irmão Cinzento corriam de um lado para o outro beliscando as pernas dos búfalos e, embora a manada quase disparasse outra vez, Mogli conseguiu controlar Rama e os outros o seguiram.

Shere Khan não precisava mais ser pisoteado. Estava morto e os abutres já estavam vindo ao seu encontro.

– Meus irmãos, esta foi a morte de um cachorro – disse Mogli, tentando encontrar a faca que sempre carregava, agora que vivia entre os homens. Ele sequer lutou. Sua pele vai ficar muito bem na parede do Conselho. Vamos começar a trabalhar imediatamente.

Um menino educado entre homens não teria sequer sonhado em arrancar a pele de um tigre daquele tamanho. Mas Mogli sabia melhor do que ninguém como é a pele de um animal e como deve ser arrancada. Era um trabalho difícil, e Mogli passou uma hora cortando, puxando e resmungando, enquanto os lobos andavam de língua de fora ou se aproximavam quando ele chamava.

De repente sentiu uma mão em seu ombro e, olhando para cima, viu Buldeo com uma arma. As crianças contaram pela vila sobre o estouro da boiada e Buldeo veio, furioso, e também ansioso para repreender Mogli por não ter tomado conta do rebanho como deveria. Os lobos saíram de perto assim que viram o homem chegando.

– Que besteira foi essa? – perguntou Buldeo, furioso. – Quem você pensa que é para tirar a pele de um tigre? Onde foi que os búfalos o mataram? Além do mais, é o tigre manco, e a cabeça dele está valendo cem rúpias. Bem, bem... eu vou fazer que não vi que você deixou a manada escapar, ou talvez eu lhe dê uma rúpia da recompensa que eu vou ganhar pela pele do tigre.

E pegou seu isqueiro para queimar as barbas do tigre. Muitos caçadores fazem isso para evitar que o fantasma do tigre os assombre depois.

"Hum!", disse Mogli para si mesmo, enquanto tirava a pele de uma das patas dianteiras. "Então você vai levar a pele do tigre para o mercado de Khanhiwara para a recompensa e talvez me dar uma rúpia? Acontece que eu decidi que preciso dessa pele para usá-la como bem entender." – Ei, seu velhote, tire esse fogo daí!

– Isso é jeito de falar com o caçador-chefe da aldeia? A sorte e a idiotice dos seus búfalos lhe ajudaram nessa caçada. O tigre tinha acabado de comer, não fosse isso estaria a quilômetros de distância nesse momento. Você não sabe nem mesmo tirar a pele dele direito, seu fedelho, e quer dizer a mim, Buldeo, para não queimar suas barbas. Mogli, eu não vou mais lhe dar nem um tostão de recompensa, mas uma surra. Largue essa carcaça!

– Pelo touro que comprou minha vida – disse Mogli, tentando tirar a pele do ombro. – Por que vou passar a noite discutindo com um macaco velho? Akela, venha cá! Este homem está me incomodando!

Buldeo, que estava debruçado sobre a cabeça de Shere Khan, subitamente viu-se jogado na grama, com um lobo cinzento em cima dele, enquanto Mogli continuava o que estava fazendo, como se estivesse totalmente sozinho em toda Índia.

– Sim... – disse entredentes –, você não vai me dar um tostão de recompensa, Buldeo. Você tem razão. Existe uma velha briga entre mim e esse tigre. Uma guerra muito antiga, mas que eu acabei vencendo.

Para ser justo, é preciso dizer que Buldeo, se fosse dez anos mais moço e tivesse encontrado Akela na floresta, o teria enfrentado, mas um lobo que segue as ordens de um garoto inimigo de um tigre que devora homens não era um animal qualquer. Aquilo era feitiçaria, magia da pior espécie, pensava Buldeo, questionando se o amuleto que tinha no pescoço seria capaz de protegê-lo. Sem conseguir se mexer, Buldeo esperava que, de um momento para o outro, o menino se transformasse em tigre.

– Marajá! Grande rei! – disse, por fim, quase sussurrando.

– Sim? – respondeu Mogli, sem se virar e rindo sozinho.

– Sou um homem velho, não sabia que você era mais do que um simples garoto que cuida do rebanho. Posso levantar e ir embora, ou seu servo vai me despedaçar?

– Pode ir. Vá em paz! Mas, da próxima vez, não se meta nas minhas caçadas. Deixe-o ir, Akela!

Buldeo disparou, olhando sobre o ombro, para reagir caso Mogli se transformasse em algo terrível.

Assim que chegou à vila, contou a todos uma história de magia, encantamento e feitiçaria que deixou o padre muito sério e pensativo.

Mogli continuou seu trabalho, mas só no fim do dia foi que ele e os lobos terminaram de tirar toda a pele de Shere Khan.

– Agora precisamos esconder isto e levar os búfalos de volta. Me ajude, Akela!

Os animais se reuniram sob a luz do crepúsculo e quando chegaram ao vilarejo, Mogli avistou luzes e ouviu o toque de sinos e trombetas. Metade dos habitantes parecia estar esperando por ele no portão da vila. Mogli pensou que era porque havia matado Shere Khan, mas uma chuva de pedras passou raspando pela sua orelha e ouviram-se gritos:

– Feiticeiro! Filhote de lobo! Demônio da selva! Vá embora! Suma daqui, ou o padre vai transformar você em lobo outra vez. Atire, Buldeo! Atire nele!

O velho mosquete disparou e ouviu-se um jovem búfalo gemendo de dor.

– Mais bruxaria! Gritaram as pessoas. Ele consegue desviar as balas. Aquele é o seu búfalo, Buldeo!

– Mas o que é isso? – perguntou Mogli, sem entender, desviando-se das pedras.

– Esses seus irmãos não são muito diferentes da matilha – disse Akela. – Acho que isso significa que vão expulsar você!

– Lobo! Filhote de lobo! Vá embora daqui, gritava o padre, agitando uma vara de tulsi, a planta sagrada.

– Outra vez? Lá era porque eu era um homem. Aqui, porque sou um lobo. Vamos embora, Akela.

Uma mulher – Messua – correu em direção ao rebanho, gritando:

– Meu filho! Meu filho! Eles dizem que você é um feiticeiro e que pode se transformar em fera quando quiser. Eu não acredito. Mas se você não for embora, eles vão matá-lo. Buldeo diz que você é um bruxo, mas eu sei que você vingou a morte de Natoo.

– Volte, Messua! – gritava a multidão. – Volte, ou você também vai ser apedrejada.

Mogli deu um sorriso curto e feio, pois sua boca acabava de ser atingida por uma pedra.

– Volte logo, Messua. Isso que estão dizendo é mais uma das histórias bobas que costumam contar debaixo da grande árvore ao pôr do sol. Sim, vinguei a morte do seu filho. Adeus! Corra, que eu vou fazer a manada correr mais rápido do que essas pedras voando em cima de mim. Eu não sou um feiticeiro, Messua, adeus!

– Agora, mais uma vez, Akela, faça o rebanho correr! – disse Mogli.

Os búfalos estavam ansiosos por chegar ao vilarejo, de modo que Akela não teve muito trabalho para fazê-los disparar em direção aos portões, fazendo com que as pessoas que estavam no caminho saíssem correndo.

– Façam as contas! – gritou Mogli. – Eu posso ter roubado alguns animais de vocês. Nunca voltarei a cuidar do seu gado. Adeus, filhotes de homens! E agradeçam a Messua por eu não invadir as ruas com meus lobos e sair caçando e matando todos vocês.

Mogli girou nos calcanhares e se foi com o Lobo Solitário. Ao ver as estrelas lá no céu se alegrou.

– Nunca mais vou dormir em armadilhas, Akela. Vamos pegar a pele de Shere Khan e sair daqui, sem machucar ninguém do povoado, em consideração a Messua.

Quando a lua se ergueu na planície fazendo-a parecer um campo leitoso, os habitantes do vilarejo, apavorados, viram Mogli, acompanhado de dois lobos, com a pele do tigre sobre sua cabeça, partir, em passo firme e rápido. No vilarejo, os sinos do templo tocaram e soaram as trombetas, mais alto do que de costume. Messua chorava, e Buldeo ornamentava os detalhes de sua mais recente aventura na selva, terminando por contar que Akela ficara em pé sobre as patas traseiras e falara, como se fosse um homem.

A lua estava descendo quando Mogli e os lobos chegaram à montanha da Pedra do Conselho e pararam na caverna de Mãe Loba.

– Fui expulso da matilha dos homens, mãe, mas trouxe a pele de Shere Khan, conforme prometi – disse Mogli.

Mãe Loba deixou a caverna com passos firmes, com seus filhotes atrás. Quando viu a pele de Shere Khan, seus olhos brilharam.

– Naquele dia em que Shere Khan se meteu aqui, querendo sua vida, meu pequeno sapo, eu disse a ele que um dia a caça acabaria virando o caçador. Foi bem feito!

– Sim, foi muito bem feito – disse uma voz grave, saindo da mata. – Nos sentimos sozinhos aqui na selva sem você. – E Baguera veio correndo, em direção aos pés descalços de Mogli. Subiram até a Pedra do Conselho e Mogli estendeu a pele de Shere Khan sobre a rocha em que Akela costumava sentar, prenderam as pontas em quatro varas de bambu e Akela deitou-se sobre ela. E gritou o antigo chamado do Conselho:

– Olhem, olhem bem, lobos! – exatamente como havia feito quando Mogli surgiu pela primeira vez.

Desde que haviam deposto Akela, a matilha andava sem um líder, caçando e lutando como bem entendiam. Mas atenderam ao chamado, por força do hábito; alguns estavam mancos, por terem caído em armadilhas, outros estavam machucados dos ferimentos a bala, outros muito fracos. Muitos haviam emagrecido por terem comido péssima comida; outros, desaparecido, mas os que sobraram foram à Pedra do Conselho para ver a pele de Shere Khan esticada sobre ela, e as garras enormes saindo das extremidades onde antes eram as patas.

Foi então que Mogli compôs uma canção sem rima, uma canção que saiu de sua garganta naturalmente, e a gritou, pulando sobre a pele, enquanto marcava o ritmo com os pés, até perder o fôlego, e o Irmão Cinzento e Akela uivavam para acompanhá-lo, entre um verso e outro.

– Olhem bem, ó lobos! Não cumpri minha palavra? – perguntou Mogli ao final. Os lobos concordaram e um deles uivou:

– Ó Akela! Ó filhote de homem! Sejam nossos líderes outra vez. Não queremos ficar sem lei, queremos voltar a ser o Povo Livre.

– Nada disso – rosnou Baguera –, não pode ser assim. Logo que estiverem de barriga cheia outra vez, a loucura voltará. Não é por nada que são chamados de Povo Livre! Vocês lutaram por sua liberdade, fiquem com ela!

– Fui expulso da Matilha dos Lobos e da Matilha dos Homens – disse Mogli. – Agora vou caçar sozinho na selva.

– E nós vamos caçar com você – disseram os quatro filhotes.

Mogli foi embora e passou a caçar com seus quatro irmãos, na selva, daquele dia em diante. Mas não ficou sozinho para sempre, porque, alguns anos mais tarde, ele se tornou um homem e casou.

Mas essa é uma história para gente grande.

Canção de Mogli

Que ele cantou na Pedra do Conselho quando dançou sobre a pele de Shere Khan.

A canção de Mogli – eu, Mogli, estou cantando. Que a selva fique sabendo do que eu fiz.

Shere Khan disse que ia matar Mogli, o sapo. Ia me matar nos portões do vilarejo ao entardecer.

Ele comeu e bebeu. Beba bastante, Shere Khan, pois quando é que você vai beber outra vez? Durma e sonhe que está me matando.

Estou sozinho nas pastagens. Irmão Cinzento, venha ao meu encontro. Venha me encontrar, ó Lobo Solitário, porque uma grande caçada está por vir.

Traga os grandes búfalos! E touros de pele azulada, com olhos raivosos. Conduza-os sob as minhas ordens.

Você ainda está dormindo, Shere Khan? Acorde!! Acorde, que aqui vou eu, com os búfalos atrás de mim.

Rama, o rei dos búfalos, bateu com as patas no chão. Águas do Waingunga, para onde foi Shere Khan?

Ele não é Ikki para cavar buracos, nem Mao, o pavão, para voar. Não é Mang, o Morcego, para se pendurar nos galhos. Pequenos bambus, que estalam juntos, digam-me para onde ele fugiu.

Ah! Lá está ele! Sob as patas de Rama jazia o tigre manco. Levante, Shere Khan! Levante e lute! Olhe a carne aqui! Quebre o pescoço dos touros!

Shh! Ele está dormindo! Não vamos acordá-lo, porque ele é muito forte. Os abutres desceram para vê-lo. As formigas pretas subiram para conhecê-lo. Há uma grande solenidade em sua honra!
Alala! Não tenho um pedaço de pano para me enrolar. Os abutres vão ver que estou nu. Estou com vergonha de encontrar toda essa gente.
Empreste-me o seu casaco, Shere Khan. Empreste-me seu pelo listrado, para que eu possa ir à Pedra do Conselho.
Pelo touro que comprou minha vida, eu fiz uma promessa – uma pequena promessa. Só está faltando sua pele para que eu a cumpra.
Com a faca que os homens usam, a faca de um caçador, vou pegar o meu prêmio.
Águas de Waingunga, sejam testemunhas de que Shere Khan me deu seu casaco, pelo amor que têm por mim. Puxe, Irmão Cinzento! Puxe, Akela! Pesada é a pele de Shere Khan!
A matilha de homens está com raiva. Eles jogam pedra e dizem bobagens feito crianças. Minha boca está sangrando. Vamos fugir daqui! Pela noite, pela noite quente, corram muito comigo, meus irmãos. Vamos deixar as luzes do vilarejo e andar sob a luz do luar.
Águas de Waingunga, a matilha de homens me expulsou. Eu não lhes fiz nenhum mal, mas eles têm medo de mim. Por quê?
Assim como Maug voa entre as peras e os pássaros, voo eu entre o povoado e a floresta. Por quê?
Danço sobre a pele de Shere Khan, mas sinto um peso no coração. Minha boca está cortada e machucada por causa das pedras que me atiraram, mas meu coração está feliz por ter voltado para a selva. Por quê?
Esses dois sentimentos lutam dentro de mim, como as cobras lutam entre si na primavera.
Água corre dos meus olhos e ainda assim eu sorrio. Por quê?
Sou dois Moglis, mas tenho a pele de Shere Khan sob meus pés.
Toda a selva sabe que matei Shere Khan. Olhem bem, ó lobos
Meu coração dói pelas coisas que não consigo entender.

A foca branca

Oh, corre, meu filhinho, a noite se aproxima,
E as verdes águas tornam-se negras.
A lua, lá de cima, olha para cá e nos encontra
descansando no meio das ondas
No meio das ondas, descansa sem medo,
Que a correnteza agitada se acalme para que descanses.
Que nem a tempestade te acorde, nem os inimigos te ataquem,
Dorme nos braços do mar sereno.

CANÇÃO DE NINAR DAS FOCAS

Isso tudo aconteceu há muitos anos em um lugar chamado Novastoshnah ou Ponto Noroeste, na ilha de Saint-Paul, muito distante, no mar de Bering. Limmershin, o pássaro do inverno, me contou essa história quando foi carregado pelo vento e ficou preso no cordame de um navio que ia para o Japão e eu o trouxe para a minha cabine e o aqueci e alimentei por vários dias, até ele ter condições de voar de volta para Saint-Paul. Limmershin é uma ave pequena e muito estranha, mas sempre diz a verdade.

Ninguém vem a Novastoshnah, a não ser a trabalho, e o único povo que tem trabalho por lá regularmente são as focas. Elas chegam nos meses de verão, aos milhares, vindas dos mares de água escura e gelada, pois as praias de Novastoshnah têm as melhores acomodações para as focas no mundo inteiro.

Caçador do Mar sabia muito bem disso, e a cada primavera, onde quer que estivesse, nadava como um torpedo, direto para Novastoshnah, e passava um mês lutando com seus companheiros por um lugar nas pedras o mais perto possível do mar.

Caçador do Mar tinha quinze anos e era uma enorme foca cinza, com uma crina em seu dorso e dentes grandes e afiados como os de um cachorro. Quando se erguia, apoiando-se nas nadadeiras da frente, ficava com mais de um metro de altura, e seu peso, se alguém tivesse tido coragem de pesá-lo, era de quase trezentos quilos. Tinha o corpo todo cheio de cicatrizes de lutas selvagens – mas estava sempre pronto para mais uma briga. Colocava a cabeça para o lado, como se estivesse com medo de encarar o inimigo, mas, de repente, atacava com a rapidez de um relâmpago e então fincava seus grandes dentes no pescoço de outra foca, que tentaria escapar, se pudesse, mas Caçador do Mar não facilitava em nada.

Ainda assim, Caçador do Mar nunca perseguia uma foca já derrotada, porque isso era contra as leis da praia. Ele só queria um espaço próximo do mar para seus filhotes; mas, como na primavera havia sempre umas quarenta ou cinquenta mil outras focas lutando pela mesma coisa, os assobios, mugidos, gritos e rosnados que se ouviam na praia eram uma coisa assustadora.

De uma pequena montanha chamada Colina Hutchinson podiam-se ver mais de cinco quilômetros de terra coberta por focas lutando, e as ondas eram desenhadas com as cabeças das focas correndo para a praia para participar da briga. Lutavam sobre as ondas, lutavam nas areias e lutavam nas rochas de basalto, onde estavam seus filhotes, pois as focas são tão estúpidas e tão pouco cordatas quanto os homens. As esposas nunca chegavam à ilha antes de maio ou junho, pois não estavam tão interessadas assim em serem despedaçadas, e as jovens de dois, três ou quatro anos que ainda não tinham família iam para a ilha, a uns oitocentos metros da praia, bem longe dos brigões, e brincavam nas areias, em bandos, ou manadas, e comiam qualquer verde que crescesse por ali. Eram chamadas de *holluschickie* – solteirões – e havia talvez umas duzentas ou trezentas mil delas, só em Novastoshnah.

Caçador do Mar havia recém terminado sua 45ª luta, numa primavera, quando Matkah, sua doce, elegante e compreensiva esposa, surgiu do mar e ele a agarrou pelo pescoço e a jogou no lugar que reservara, perguntando rispidamente:

– Atrasada, como sempre! Onde é que você estava?

Caçador do Mar tinha por hábito não comer nada durante os quatro meses em que ficava na praia, por isso seu humor era geralmente péssimo. Matkah sabia que não seria prudente discutir. Olhou em volta e disse, com calma:

– Você pensou em tudo! Pegou o nosso lugar de sempre!

– Claro que pensei – disse ele. – Olhe só para mim.

Ele tinha arranhões e sangrava em vinte lugares; estava quase cego de um olho e seus flancos estavam despedaçados.

– Oh, vocês homens! – disse Matkah, abanandose com sua nadadeira. – Por que não conseguem ser sensatos e estabelecem cada um seu lugar calmamente? Parece que você lutou com a Baleia Assassina.

– Eu não tenho feito outra coisa senão lutar desde a metade de maio. A praia está horrivelmente cheia nesta época do ano. Eu encontrei no mínimo umas cem focas de Lukannon Beach lutando por um lugar. Por que é que as criaturas não ficam no seu lugar de origem?

– Eu já pensei várias vezes se não seríamos muito mais felizes na Ilha Otter em vez de num lugar cheio como esse – disse Matkah.

– Ora, só os *holluschickie* vão para a Ilha Otter. Se nós fôssemos para lá, iriam dizer que estávamos com medo. Temos que manter as aparências, minha querida.

Caçador do Mar afundou a cabeça nos ombros, muito satisfeito consigo, e fingiu que estava dormindo por alguns minutos, mas o tempo todo ficou atento, caso precisasse lutar. Agora que todas as focas e suas esposas estavam na ilha, podia-se ouvir a gritaria a quilômetros de distância, em alto-mar. Devia haver, por baixo, mais de um milhão de focas na praia – focas anciãs, mães focas, bebezinhos e solteirões – todos brigando, rolando, se arrastando e até brincando juntos. Desciam até a beira d'água e voltavam em gangues e batalhões, deitavam sobre cada pedaço do chão até onde a vista alcançava, discutindo umas com as outras em meio ao nevoeiro. Quase sempre havia nevoeiro em Novastoshnah, raras vezes o sol surgia, fazendo tudo parecer cor de pérola e de arco-íris por um breve tempo.

Kotick, o filhote de Matkah, havia nascido no meio dessa confusão e era só cabeça e ombro, com pálidos olhos azuis, como são as foquinhas, mas havia algo em seu pelo que chamou a atenção de sua mãe.

– Caçador do Mar – falou, finalmente. – Nosso bebê vai ser branco.

– Que eu pegue conchas vazias e que o mar seque se isso acontecer – debochou o marido. – Nunca se ouviu falar de coisa assim.

– Não posso fazer nada. Vão ouvir falar agora – e cantou baixinho a canção que as focas cantavam para seus bebês:

Você não deve nadar antes de seis semanas
Ou sua cabeça vai afundar
Orcas assassinas e correnteza de verão
Não fazem bem aos filhotes
Não fazem bem, meu pequenino
Podem ser muito ruins,
Mas cresça forte
E você terá sorte
De ser um filhote do mar

Naturalmente o filhote não entendeu o que ela disse, só sabia arrastar-se junto aos flancos da mãe e sair do caminho quando seu pai brigava com outra foca e rolava com ela, sempre rosnando e deslizando nas pedras escorregadias. Matkah costumava descer ao mar para caçar o alimento, e o bebê só era alimentado dia sim, dia não, mas comia o máximo que podia nesses dias e assim ia crescendo.

A primeira coisa que aprendeu foi a rastejar por dentro da ilha e lá encontrou dezenas de milhares de bebês da sua idade. Eles brincavam juntos, como filhotes de cães, iam dormir na areia e acordavam para brincar outra vez. Os mais velhos nem reparavam neles, e os *holluschickie* ficavam no seu próprio espaço, de modo que os bebês podiam brincar à vontade.

Quando Matkah voltava de suas caçadas submarinas, ia direto para o lugar onde eles estavam brincando e chamava, como as ovelhas chamam os cordeiros, até que Kotick respondesse. Então saíam em linha reta em sua direção projetando o corpo para frente com as barbatanas dianteiras e afugentando os outros bebês que encontravam pela frente. Havia sempre uma centena de mães procurando por seus filhotes por ali e eles estavam sempre em atividade.

Conforme dizia Matkah:

– Desde que você não se meta na lama, nem se esfregue na areia dura, que pode arranhar você, não pegue sarna, nem vá nadar quando o mar estiver perigoso, nada vai lhe fazer mal por aqui.

As focas quando são pequenas nadam tão mal quanto as crianças, só que não sossegam enquanto não aprendem. A primeira vez em que Kotick entrou no mar, a correnteza o carregou para o fundo, sua grande cabeça afundou, suas nadadeiras subiram, exatamente como sua mãe havia lhe dito na canção de ninar, e se uma onda não o tivesse jogado de volta, ele teria se afogado.

Depois disso, aprendeu a entrar no mar e deixar que o respingo das ondas o cobrisse enquanto flutuava, mas ficava sempre atento para as ondas maiores, que podiam machucá-lo.

Passou duas semanas aprendendo a usar as nadadeiras, entrando e saindo da água, e sempre resmungando e tossindo, arrastava-se para a areia, tirava uma soneca, até finalmente entender que a água era o seu lugar.

Então você pode imaginar como ele se divertia com seus companheiros, furando ondas, boiando, deixando-se levantar para depois mergulhar espalhando água e espuma, enquanto a onda avançava sobre a areia. Logo conseguia ficar de pé, apoiando-se no rabo, coçando-se, como faziam os mais velhos, ou brincando de "eu sou o rei do castelo" nas rochas escorregadias, cheias de musgo, das quais só se podia ver a ponta fora d'água.

De vez em quando avistava uma barbatana como a de um grande tubarão cortando o mar ao longo da costa e sabia que era a Baleia Assassina, Grampus, que pegava focas pequenas e as comia. Nessa hora, Kotick nadava ligeiro para a praia e a barbatana ia embora devagarinho, como se não estivesse procurando por nada.

No final de outubro os focas começavam a deixar a Ilha Saint-Paul para o fundo do mar, sempre em grupos, famílias ou tribos. Não havia mais luta na área reservada pelos pais e os *holluschickie* podiam brincar onde bem entendessem.

– No ano que vem – disse Matkah –, você já será um *holluschickie*. Por enquanto, você ainda precisa aprender a pescar.

Saíram juntos através do Pacífico, e Matkah ensinou Kotick a dormir boiando de costas, com as nadadeiras encolhidas, junto às laterais do corpo, e o narizinho para fora d'água. E não há berço mais confortável do que o balanço suave do Pacífico. Uma vez, quando o corpo de Kotick começou a formigar, Matkah lhe explicou que ele estava aprendendo a "sentir a água", que aquele tipo de sensação significava mau tempo e que ele então deveria nadar o mais rápido possível para longe dali.

– Em pouco tempo – disse Matkah –, você saberá onde deve ou não deve nadar. Enquanto isso vamos atrás do Porco do Mar, a Marsopa, pois ele é muito esperto.

Um bando de Marsopas estava nadando ali perto e com muita rapidez, de modo que o pequeno Kotick teve de fazer um grande esforço para segui-las.

– Como é que vocês sabem por onde devem ir? – perguntou, ofegante. O líder do bando voltou seus olhos para ele e respondeu:

– Minha cauda está formigando, meu jovem. Isso significa que vem ventania por aí. Venha comigo! Quando se está ao sul da Água Pegajosa (ele queria dizer a Linha do Equador) e sua cauda começa a formigar, isso significa que há vento forte pela frente, e nesse caso temos que correr para o norte. Venha comigo. A água está ruim por aqui!

Essa foi uma das tantas coisas que Kotick aprendeu. Matkah ensinou-lhe também a seguir o bacalhau e o hipoglosso por entre os bancos submarinos, a forçar os peixes a saírem de suas tocas, a desviar de carcaças de navios afundados e a projetar-se como uma bala de uma toca para outra, quando os peixes nadavam mais rápido. Mostrou-lhe ainda como dançar no alto das ondas quando os relâmpagos riscam o céu, e a abanar sua nadadeira educadamente para o Albatroz e para o Falcão quando lutam contra o vento.

Aprendeu a saltar mais de um metro para fora d'água como os golfinhos, com as nadadeiras recolhidas e a cauda curvada. Aprendeu a deixar de lado o peixe voador – que só tem ossos – e atacar o bacalhau pelos flancos a toda velocidade, no fundo do mar. Finalmente lhe disseram que nunca deveria parar para observar um barco ou navio, especialmente um barco a remo. Ao final de seis meses Kotick já sabia tudo o que deveria saber sobre pesca em alto-mar, e durante todo esse tempo seus pés não tocaram a terra.

Um dia, no entanto, enquanto estava meio adormecido nas águas mornas, em algum lugar próximo às ilhas Ivan Fernandez, sentiu-se tonto e entorpecido, como os seres humanos se sentem, e lembrou-se das praias e da terra firme de Novastoshnah, a dez mil quilômetros de distância, das brincadeiras que fazia com seus companheiros, do cheiro das algas marinhas, do barulho das focas e das brigas. Nesse mesmo instante, mudou de direção, nadando vigorosamente para o norte e, à medida que avançava, encontrava grandes bandos de focas, todas indo para o mesmo lugar.

– Olá, Kotick! – cumprimentavam. – Este ano somos todos *holluschickie* e podemos dançar a Dança do Fogo, na rebentação de Lukannon, e brincar na grama fresca. Mas onde foi que você conseguiu essa pele?

A pele de Kotick, agora, era quase totalmente branca, e, embora se orgulhasse muito dela, ele disse apenas:

– Vamos nadar mais depressa! Estou louco para chegar à terra firme.

Assim que chegaram à praia onde nasceram, escutaram as focas mais velhas, seus pais, lutando em meio ao nevoeiro. Naquela mesma noite, Kotick dançou a Dança do Fogo com as jovens focas. O mar fica cheio de fogo nas noites de verão, por todo o caminho desde Novastoshnah até Lukannon. Cada foca deixa atrás de si um rastro que parece óleo queimado e, quando pula, provoca um clarão e as ondas quebram na praia formando listras e redemoinhos fosforescentes.

Dali seguiram para a ilha no território dos *holluschickie* e rolaram à vontade na vegetação ainda nova e selvagem e contaram histórias sobre o que andaram fazendo pelos mares. Falaram sobre o Pacífico, do mesmo jeito que garotos falariam de uma floresta que tivessem conhecido, e se alguém pudesse entender o que diziam, teriam feito um mapa do oceano como nunca se fez. Os *holluschickie* de três ou quatro anos desceram a Colina Hutchinson gritando:

– Saiam da frente, crianças! O mar é profundo e vocês ainda não conhecem tudo sobre ele. Esperem até terem dobrado o Cabo Horn. Ei, você! De onde esse casaco branco?

– De lugar nenhum – respondeu Kotick. – Ele cresceu em mim.

E, bem quando ia derrubar a foca que lhe fez a pergunta, dois homens de cabelos pretos e rostos vermelhos e achatados surgiram detrás de uma duna e Kotick, que nunca vira um homem antes, apenas tossiu e baixou a cabeça. Os *holluschickie* afastaram-se alguns metros e ficaram olhando apatetados. Os homens eram Kerick Booterin, o chefe dos caçadores de focas da ilha, e Patalamon, seu filho. Vieram do vilarejo situado a mais ou menos um quilômetro de distância do lugar onde as focas tinham seus bebês e estavam ali para escolher quais delas seriam conduzidas ao matadouro para serem transformadas em casacos mais tarde.

– Olhe! – disse Patalamon. – Uma foca branca!

Kerick Booterin ficou quase branco sob seu óleo e fuligem, pois ele era um aleuta e os aleutas não são um povo muito limpo. Então começou a murmurar uma prece:

– Não toque nela, Patalamon. Nunca existiu uma foca branca desde... desde que nasci. Pode ser o fantasma do velho Zaharrof. Ele se perdeu no ano passado durante a ventania.

– Não vou chegar perto dela – disse Patalamon.– Ela dá azar. Você acha mesmo que é o velho Zaharrof que voltou? Eu lhe devo alguns ovos de gaivota.

– Não olhe para ele – disse Kerick. – Traga aquela foca de quatro anos de idade. Os homens deveriam tirar a pele de umas duzentas hoje, mas estamos no começo da estação e o pessoal ainda é novo no trabalho. Umas cem está bom. Rápido!

Patalamon sacudiu um par de omoplatas de focas diante do bando de *holluschickie* e isso os fez paralisar, ofegantes. Ele então deu um passo em direção a elas e as focas começaram a se mexer. Kerick foi levando-as, e elas em nenhum momento tentaram retornar para junto de suas companheiras. Centenas de milhares de focas assistiram à captura, mas continuaram brincando como se nada tivesse acontecido. Kotick foi o único a fazer perguntas, que nenhum de seus companheiros sabia responder. A única coisa que sabiam era que os homens chegavam e levavam focas desse jeito durante seis semanas a dois meses, todos os anos.

– Vou segui-los – disse Kotick, e seus olhos quase saltaram para fora, enquanto tentava seguir o bando.

– A foca branca está vindo atrás de nós! – avisou Patalamon. – Nunca vi uma foca vir por sua conta para o matadouro!

– Shh! Não olhe para trás – disse Kerick. – É o fantasma de Zaharrof. Preciso falar com o padre sobre isso.

O matadouro ficava a apenas um quilômetro dali, mas levava-se uma hora para chegar, porque se as focas fossem muito depressa suas peles se aqueciam e se despedaçavam ao serem retiradas; de modo que foram bem devagarinho, passaram pelo Pescoço do Leão-Marinho e pela Casa Webster, até alcançar a Casa de Sal, já fora do campo de visão das focas na praia. Kotick seguia-os, ofegante e pensativo. Achou que estava no fim do mundo, mas o barulho dos filhotes atrás dele era tão alto quanto o barulho de um trem dentro de um túnel. Kerick sentou-se sobre o musgo, tirou do bolso um pesado relógio, esperou trinta minutos até as focas esfriarem, e Kotick pôde ouvir a névoa que pingava da aba do boné dele. Então apareceram uns dez ou doze homens, cada um com um cajado de um metro de comprimento com ponta de ferro, e Kerick apontou as focas que tinham sido mordidas por suas companheiras, ou que estavam muito quentes, e os homens as chutaram para o lado, com suas botas pesadas feitas de pele da garganta de morsas, e Kerick então disse: “Agora!”, e os homens começaram a bater nas cabeças das focas com o cajado, o mais rápido que podiam.

Dez minutos depois Kotick já não conseguia mais reconhecer seus amigos, pois suas peles tinham sido arrancadas, do nariz até as nadadeiras traseiras – arrancadas e jogadas no chão, em pilhas.

Aquilo bastou para Kotick. Ele se virou e saiu a galope, de volta para o mar (uma foca pode galopar em alta velocidade por um certo tempo), com seu bigodinho tremendo de horror. Ao chegar no Pescoço do Leão-Marinho – local onde os grandes Leões-Marinhos sentavam-se sobre as ondas –, Kotick jogou-se ao mar gelado e escondeu-se entre as pedras, arfando horrivelmente.

– O que é isso? – perguntou um Leão-Marinho, bruscamente, pois os Leões-Marinhos têm como regra não falar muito com ninguém.

– *Scoochnie*! *Ochen Scoochnie*! ("Estou sozinho! Muito sozinho!") – disse Kotick. – Estão matando todos os *holluschickie* em *todas* as praias.

O Leão-Marinho virou a cabeça para a ilha e disse:

– Que besteira! Os seus amigos estão fazendo o mesmo barulho de sempre. Você deve ter visto o velho Kerick tirando a pele de um bando. Ele faz isso há trinta anos.

– É horrível – disse Kotick, empurrando a água de uma onda que quebrara sobre ele, e equilibrando-se na superfície com as nadadeiras a dez centímetros da borda de uma pedra.

– Nada mal para uma foca tão jovem – disse o Leão-Marinho, que sabia apreciar um bom nadador. –

Imagino que seja horrível, do seu ponto de vista, o que você viu por lá. Mas se vocês, focas, vêm para cá todos os anos, naturalmente os homens acabam sabendo, e, a menos que encontrem uma ilha onde os homens nunca tenham ido, vocês serão sempre abatidas.

– E existe uma ilha assim? – perguntou Kotick.

– Olhe, eu tenho seguido os *poltoos* (hipoglossos) há vinte anos e posso dizer que não encontrei um lugar assim até hoje. Mas veja uma coisa: você parece ser do tipo que gosta de conversar com quem tem mais experiência, sugiro que vá até a Ilha de Walru (Ilha das Morsas) e fale com o Elefante-do-Mar. Ele deve saber de alguma coisa. Não faça esse olhar de desdém. É a uns dez quilômetros daqui e, se eu fosse você, me prepararia e tiraria um cochilo antes, meu pequeno.

Kotick achou que era um bom conselho e, assim, nadou de volta para sua praia e dormiu por meia hora, agitando-se todo, como fazem as focas. Então nadou direto até a Ilha das Morsas, uma pequena superfície de pedra quase ao nordeste de Novastoshnah, com recifes e ninhos de gaivotas, onde as morsas pastavam sozinhas.

Chegou à ilha já perto do Elefante-do-Mar – uma morsa enorme vinda do norte, feia, inchada, de pescoço gordo, com longas presas, que não tem um pingo de modos, a não ser quando está dormindo – o que acontecia naquele momento, com metade de suas nadadeiras traseiras para dentro e metade para fora da superfície.

– Acorde! – chamou Kotick, gritando, porque as gaivotas estavam fazendo o maior barulho.

– Ha!... Hum Hmph! O que é? – perguntou o Elefante-do-Mar, acordando a morsa do seu lado, que, por sua vez, cutucou a seguinte e a seguinte, até que todas estavam acordadas e olhando em várias direções, menos na direção certa.

– Ei! É aqui! – disse Kotick, subindo na pedra e parecendo uma pequena lesma branca.

– Bem... Que me tirem a pele! – disse o Elefante-do-Mar, e todas as morsas voltaram-se para Kotick, como em um clube um grupo de homens velhos e sonolentos olhariam para um garoto. Kotick não podia mais ouvir falar em tirar a pele, ele já tinha visto o suficiente disto; então ele perguntou bem alto:

– Existe algum lugar aonde as focas possam ir que os homens não cheguem?

– Procure você mesmo – disse Elefante-do-Mar, fechando os olhos. – Saia daqui! Estamos muito ocupados!

Kotick deu seu salto de golfinho e gritou o mais alto que pôde:

– Comedor de mariscos! Comedor de mariscos! – Kotick sabia que o Elefante-do-Mar nunca havia pego um só peixe na sua vida, vivia de comer mariscos e algas, mas fingia ser muito feroz. Naturalmente, os Chickies, os Gooverooskies, os Epatkas, as Gaivotas Burgomestre, os Kittiwakes, que estavam sempre esperando uma chance para uma briga, entraram no jogo e, assim, durante cinco minutos ninguém conseguiria ouvir o estampido de uma arma de fogo sequer. Todos gritavam ao mesmo tempo:

– Comedor de marisco! *Stareek*! (velho) – enquanto o Elefante-do-Mar rolava de um lado para outro, resmungando e tossindo.

– Então, vai me contar agora? – perguntou Kotick, já sem fôlego.

– Vá perguntar à Vaca-Marinha – disse o Elefante-do-Mar. – Se ela ainda estiver viva, pode lhe dizer alguma coisa.

– Como vou reconhecê-la? – perguntou Kotick, afastando-se.

– É a única criatura marinha mais feia do que um Elefante-do-Mar – gritou a Gaivota Burgomestre, voando para perto do Elefante-do-Mar. – Mais feia e mais mal-educada!

Kotick nadou de volta a Novastoshnah deixando as gaivotas a gritar. Chegando lá, descobriu que ninguém o apoiava na sua tentativa de encontrar um lugar seguro para as focas. Disseram a ele que os homens sempre levavam as *holluschickie* e que isso fazia parte da vida, e que se ele não gostava de ver coisas desse tipo, não deveria ir até o matadouro. Mas nenhuma outra foca jamais vira o abate, e essa era a diferença entre Kotick e seus amigos. Além disso, Kotick era uma foca branca.

– O que você tem que fazer – disse o velho Caçador do Mar – é crescer, ser uma foca grande como seu pai, arrumar um lugar aqui na praia, e eles o deixarão em paz. Dentro de cinco anos você será capaz de lutar.

Até mesmo a doce Matkah, sua mãe, disse:

– Você nunca conseguirá acabar com a matança. Vá brincar no mar, Kotick.

E Kotick foi dançar a Dança do Fogo, sentindo um enorme peso no seu pequeno coração.

Naquele outono deixou a ilha logo que pôde, com um objetivo em mente. Queria encontrar a Vaca-Marinha, se é que existia tal criatura, e depois queria encontrar uma ilha tranquila, com praias seguras, onde as focas pudessem ficar a salvo dos homens. Assim, explorou sozinho o Pacífico de norte a sul, nadando quase quinhentos quilômetros num dia e numa noite. Viveu mais aventuras do que se pode contar e escapou por pouco de ser pego pelo tubarão gigante, pelo tubarão pintado e pelo tubarão cabeça-de-martelo. Conheceu todos os tipos de desordeiros, daqueles em quem não se pode confiar, que circulam pelos mares, e também peixes pesadões, mas bem-educados. Conheceu as vieiras, com manchas escarlates, que ficam no mesmo lugar por centenas de anos e se orgulham muito disso, mas nunca encontrou a Vaca-Marinha, tampouco a ilha que tinha imaginado.

Se a praia era boa e firme, com um declive atrás onde as focas podiam brincar, havia sempre a fumaça de um baleeiro no horizonte, queimando gordura, e Kotick sabia muito bem o que *isso* queria dizer. Ou, então, descobria que as focas um dia tinham visitado aquela ilha e tinham sido mortas, e Kotick sabia que a um lugar onde os homens haviam estado uma vez sempre poderiam retornar.

Kotick fez amizade com um velho albatroz de cauda curta que lhe assegurou que a Ilha Kerguelen era um lugar tranquilo e seguro, e quando Kotick desceu até lá quase foi jogado de encontro a um recife preto, durante uma tempestade. Depois de atravessar o vendaval, pôde ver que ali também havia sido, um dia, berçário de focas. E assim foi em todas as outras ilhas que visitou.

Limmershin deu uma enorme lista dessas ilhas, e disse que Kotick passou cinco anos explorando, com intervalos de quatro meses a cada ano para descansar em Novastoshnah, onde os outros *holluschickie* costumavam debochar dele e de sua ilha imaginária.

Foi para Galápagos, um lugar horrível e seco, no Equador, onde quase morreu cozido; foi às Ilhas Georgia, a Okney do Sul, à Ilha Esmeralda, à Ilha dos Pequenos Rouxinóis, à Ilha Gough, à Ilha Bouvet, à Crosset e até a uma pequena ilhazinha ao sul do Cabo da Boa Esperança. Mas, em todos esses lugares, os Povos do Mar lhe diziam as mesmas coisas. Focas haviam um dia passado por esses lugares, mas vieram os homens e acabaram com elas. Até mesmo quando nadou milhas e milhas, deixando o Pacífico, e chegou a um lugar chamado Cabo Corrientes (quando voltava da Ilha Gough), encontrou umas poucas centenas de focas arrasadas, numa rocha, e elas lhe contaram que os homens tinham estado lá também.

Kotick sentiu uma dor funda no coração e contornou o Cabo Horn para voltar para sua praia e, no caminho ao norte, parou em uma ilha cheia de árvores muito verdes, onde encontrou uma foca muito, muito velha, que estava morrendo. Kotick pescou para ela e abriu seu coração.

– Agora – disse Kotick –, vou voltar para Novastoshnah e, se me levarem para o matadouro com os *holluschickie*, não vou mais me importar.

– Tente outra vez – disse a velha foca. – Tente um pouco mais. Eu sou a última foca remanescente da

Colônia Perdida de Masafuera e, no tempo em que os homens nos matavam às centenas de milhares, havia uma lenda nas praias de que um dia uma foca branca viria do norte e levaria o Povo Foca para um lugar tranquilo. Eu estou velha e não viverei para ver esse dia, mas outras verão. Não desista!

Kotick alisou seus bigodes com orgulho e disse:

– Eu sou a única foca branca de que já se teve notícias nas praias e a única foca, branca ou preta, que alguma vez pensou em procurar uma nova ilha.

Esse encontro o animou imensamente, e quando voltou a Novastoshnah naquele verão, Matkah, sua mãe, implorou a ele que se casasse e tomasse juízo, pois já estava na idade, já era um Caçador do Mar adulto, com uma crina encaracolada sobre os omoplatas e tão grande, pesado e valente quanto seu pai.

– Me dê só mais uma estação – disse ele. – Lembre-se, mamãe, é sempre a sétima onda a que avança mais longe sobre a praia.

Curiosamente, havia uma outra foca na colônia que pretendia adiar seu casamento por mais um ano e Kotick dançou com ela a Dança do Fogo na praia de Lukannon na noite anterior à sua partida para uma última exploração.

Desta vez, rumou para o oeste, seguindo a trilha de um grande cardume de hipoglosso. Ele precisava comer pelo menos uns cinquenta quilos de peixe por dia para manter-se de pé. Perseguiu-os até cansar e então deitou-se de costas e foi dormir no meio da elevação que dava na Ilha Copper. Kotick conhecia a costa muito bem, assim, lá pela meia-noite, recostado em um banco de algas, ele disse:

– Hmm, a maré vai ser alta esta noite...

E, virando-se para dentro d'água, abriu seus olhos devagar, espreguiçando-se. Então, subitamente, pulou como um gato porque enxergou alguma coisa grande, com o nariz aparecendo entre os bancos de areia, farejando os pesados montes de algas.

– Pelas ondas de Magellan – falou por debaixo do bigode. – Quem é esse povo no fundo do mar?

Não pareciam com morsas, nem com leões-marinhos, nem com focas, nem baleias, nem tubarões, nem peixes, nem lulas ou mariscos que ele já tivesse visto alguma vez. Tinham entre seis e sete metros de comprimento, não tinham nadadeiras traseiras mas uma cauda com formato de pá, que parecia ser feita de couro molhado. As cabeças tinham o aspecto mais idiota que já se tinha visto, e elas se balançavam agitando as caudas no fundo do mar quando não estavam pastando e de vez em quando trocavam suaves mesuras com as nadadeiras frontais, como um homem gordo acenando com o braço.

– Olá, camaradas – disse Kotick. – Como vão?

Em resposta, os grandes animais fizeram mais algumas mesuras, acenando desajeitadamente com as nadadeiras. Quando voltaram a comer, Kotick reparou que seus lábios superiores eram divididos em dois e que podiam afastá-los um do outro uns trinta centímetros, para juntá-los novamente, em seguida, engolindo com isso uma grande quantidade de algas. Abocanhavam as algas e engoliam com um ar solene.

– Que jeito de comer mais estranho! – disse Kotick.

Eles fizeram mais mesuras ainda, e Kotick começou a ficar impaciente.

– Muito bem! – disse Kotick. – Só porque vocês por acaso têm uma junta extra na barbatana dianteira não precisam ficar se exibindo. Já vi que vocês se inclinaram com muita elegância, mas gostaria de saber quem são vocês.

Os lábios repartidos se moveram, contraíram-se, e seus olhos verdes se arregalaram, mas não disseram uma só palavra.

– Bem – disse Kotick –, vocês são as únicas criaturas que eu conheço mais feias do que o Elefante-do-Mar – e mais mal-educadas.

Então, de repente, Kotick teve uma luz e lembrou-se do que a Gaivota Burgomestre lhe dissera quando tinha apenas um ano de idade e visitara a Ilha das Morsas, e atirou-se de costa na água, pois soube naquele momento que havia encontrado as Vacas-Marinhas.

As Vacas-Marinhas continuaram fazendo suas mesuras, pastando e comendo grama, Kotick fez perguntas em todas as línguas que aprendera em suas viagens. Os povos do mar falam quase tantas línguas quanto os seres humanos. Mas as Vacas-Marinhas não responderam, porque Vacas-Marinhas não sabem falar. Elas têm apenas seis ossos em seus pescoços e não sete, e dizem que é por isso que não falam, mesmo entre elas, mas, como já se disse, as Vacas-Marinhas possuem uma junta extra em sua barbatana dianteira com a qual se comunicam numa espécie de código telegráfico um pouco desajeitado.

Quando raiou o dia, a paciência de Kotick estava com os caranguejos mortos, no fundo do mar. Foi quando o rebanho de Vacas-Marinhas começou a mover-se para o norte, muito devagar, parando para fazer absurdas reuniões. Kotick as seguia, dizendo para si mesmo: "Um povo tão idiota quanto esse já teria sido morto há muito tempo se não tivesse encontrado uma ilha segura para viver, e se um lugar é bom para as Vacas-Marinhas é bom o suficiente para o Leão-do-Mar. De qualquer maneira, gostaria que elas se apressassem."

Era muito difícil para Kotick segui-las. O rebanho percorria uns setenta quilômetros por dia, parava para se alimentar à noite, além de manter-se perto da praia o tempo todo. Kotick nadava em volta delas, passava por cima e por baixo e, mesmo assim, não conseguia obrigá-las a avançar um quilômetro a mais. À medida que avançavam para o norte, suas paradas para mesuras se davam em intervalos cada vez menores, e Kotick quase mordia seus bigodes de impaciência, quando percebeu que o rebanho estava seguindo uma corrente de águas mornas e isso fez com que ele começasse a respeitá-las.

Uma noite, mergulharam na água brilhante, afundando como pedras e, pela primeira vez desde que Kotick as encontrara, começaram a nadar mais rápido. Kotick as seguiu e a velocidade delas deixou-o atônito, pois nunca sonhou que uma Vaca-Marinha pudesse nadar tão bem. Foram para um penhasco perto do litoral, que descia até as profundezas e abria-se numa entrada larga, na sua base, a duzentos metros da superfície. Foi um longo mergulho e, em dado momento, Kotick sentiu falta de ar, até conseguir sair do túnel escuro em que tinha entrado.

– Pela minha crina! – exclamou quando saiu, ofegante. – Foi um mergulho e tanto, mas valeu a pena.

As Vacas-Marinhas haviam se separado e vagavam preguiçosamente pelas praias mais bonitas que Kotick já vira em toda sua vida. Havia enormes extensões de rochas já meio gastas, feitas sob medida para os filhotes de focas, e atrás havia uma enorme inclinação de areia dura, para eles poderem brincar, e grama para rolarem, dunas de areia para subirem e descerem e o melhor de tudo, Kotick pôde sentir pela água – que nunca engana um verdadeiro caçador – que homem algum jamais tinha posto os pés lá.

A primeira coisa que fez foi certificar-se de que a pesca era boa e então nadou ao longo das praias e contou uma por uma as deliciosas ilhas baixas e arenosas, meio escondidas na bonita névoa que se movia. Mais para o norte, havia uma barreira de recifes, de rochas e de bancos de areia que não permitiria que nenhum navio se aproximasse mais do que uns dez quilômetros da praia. Entre as ilhotas e a ilha principal havia um mar profundo que dava em penhascos perpendiculares e em algum ponto abaixo dos penhascos ficava a boca do túnel.

– É como se fosse uma outra Novastoshnah, mas dez vezes melhor, disse Kotick. As Vacas-Marinhas devem ser mais espertas do que eu pensava. Nenhum homem conseguiria passar por baixo desse penhasco, mesmo que alguns soubessem desse lugar. E os bancos de areia, pelo lado do mar, dispensariam qualquer navio. Se há algum lugar seguro no mar, é este aqui.

Começou a pensar nas focas que deixara para trás, mas, apesar da pressa que sentia em voltar para

Novastoshnah, ainda assim explorou o novo lugar, para poder responder a todas as perguntas. Então, mergulhou para conferir a boca do túnel e seguiu rumo sul, a toda velocidade. Ninguém, a não ser uma foca, ou uma Vaca-Marinha, teria sonhado com um lugar daqueles e quando olhou para os penhascos, lá atrás, mal podia acreditar que havia passado por baixo deles.

Demorou seis dias para chegar, mesmo nadando com rapidez, e quando alcançou o Pescoço do Leão-do-Mar, a primeira coisa que viu foi a jovem foca que tinha ficado esperando por ele, e que viu pelo brilho em seus olhos que Kotick encontrara, finalmente, a ilha de seus sonhos.

Mas os *holluschickie* e o Caçador do Mar, seu pai, e todas as outras focas riram dele quando contou o que havia descoberto, e uma jovem foca, mais ou menos da mesma idade dele, disse:

– Está tudo muito bem, Kotick, mas você não pode vir sabe-se lá de onde e querer nos convencer a partir. Não esqueça de que nós lutamos muito por esse lugar para os nossos filhotes, o que você nunca fez. Você, ao contrário, sempre preferiu ficar vagando sem rumo pelos mares.

As outras focas caíram na risada, e a que tinha acabado de falar começou a balançar a cabeça de um lado para outro. Ela recém casara e estava fazendo um grande espalhafato por causa disso.

– Eu não tenho filhotes para ter que lutar por um lugar para eles – disse Kotick. – Eu só quero mostrar a vocês um lugar em que todos estaremos seguros. Por que brigar?

– Bem, se você está querendo dar para trás tudo bem. Não tenho mais nada a dizer – disse a foca, debochando.

– Vocês viriam comigo se eu vencesse uma luta? – perguntou Kotick, e uma luz verde faiscou nos seus olhos, pois ficara muito irritado ao perceber que teria que lutar.

– Muito bem – disse a jovem foca. – *Se* você vencer, eu vou.

Não teve tempo de mudar de ideia, pois a cabeça de Kotick projetou-se em sua direção e seus dentes cravaram-se no pescoço gordo da jovem foca. Então, Kotick apoiou-se na parte traseira do corpo e arrastou seu inimigo para a praia, sacudiu-o bem e o derrubou. Aí rosnou para as outras focas:

– Há cinco estações que tento fazer o melhor possível. Foi para vocês que fui descobrir uma ilha segura, mas a não ser que alguém lhes arranque a cabeça, vocês não entendem nada. Pois vou lhes ensinar agora. Cuidem-se!

Limmershin disse que em toda a sua vida nunca – e Limmershin já vira milhares de focas atracarem-se – nunca tinha visto uma briga daquelas. Kotick jogou-se contra o maior Caçador do Mar que encontrou, pegou-o pelo cangote, sacudiu-o, batendo com ele no chão, até que este pediu piedade. Então, atirou-o para um lado e atacou o próximo. Entenda, Kotick nunca havia jejuado por quatro meses como as focas adultas fazem todos os anos e suas viagens pelo fundo do mar tinham-no deixado em ótimas condições físicas, e o melhor de tudo era que nunca havia lutado. Sua crina estava eriçada de tanta raiva e seus olhos inflamados, seus enormes dentes caninos brilhavam e seu aspecto era impressionante.

O velho Caçador do Mar, seu pai, assistiu a tudo, vendo-o perseguir focas velhas e perturbar as focas solteiras, como se fossem hipoglossos. Caçador do Mar deu um rosnado e gritou:

– Ele pode ser ingênuo, mas é o melhor lutador de toda a praia. Não ataque seu pai, meu filho. Eu estou com você.

Kotick rugiu em resposta, e o velho Caçador do Mar entrou na luta com os bigodes virados para trás, bufando como uma locomotiva. Matkah e a foca que ia se casar com Kotick recuaram para poder admirar seus companheiros. Foi uma bela luta. Enquanto houvesse uma só foca com a cabeça erguida, pai e filho continuariam lutando. No fim desfilaram honrosamente por toda a praia.

À noite, quando as luzes do norte piscavam através da névoa, Kotick subiu em uma pedra e olhou para baixo, em toda a volta, e viu abrigos de filhotes destruídos e focas feridas sangrando.

– Agora acho que aprenderam a lição – disse.

– Pela minha crina! – exclamou o Caçador do Mar, com o corpo duro, pois havia se machucado bastante –, nem a Baleia Assassina poderia ter causado estrago maior. Meu filho, estou muito orgulhoso de você e vou para a sua ilha, se é que ela existe mesmo.

– Ei, vocês, porcos gordos do mar! Quem vem comigo atravessar o túnel das Vacas-Marinhas? Respondam, ou vou ser obrigado a dar-lhes outra lição!

Houve um rumor parecido com o da maré alta por toda a praia:

– Nós vamos com você! – disseram milhares de vozes cansadas.

– Seguiremos Kotick, a foca branca.

Então, Kotick deixou a cabeça cair sobre os ombros e fechou os olhos, orgulhoso. Não era mais uma foca branca, mas uma foca vermelha de cima a baixo, e não se deu ao trabalho de olhar ou mesmo tocar em suas muitas feridas.

Uma semana depois, ele e seu exército (quase dez mil *holluschickie* e velhas focas) partiram para o norte em direção ao túnel das Vacas-Marinhas. As focas que ficaram em Novastoshnah achavam que eles eram uns idiotas. Mas na primavera seguinte, quando todos se encontraram no território de pesca do Pacífico, as focas que haviam seguido Kotick tinham histórias tão incríveis para contar sobre a nova praia que mais focas resolveram deixar Novastoshnah.

Naturalmente, nada disso aconteceu de uma só vez, pois as focas precisam muito tempo para mudar de ideia. Mas a cada ano foi aumentando o número de focas nas praias seguras onde Kotick passa o verão, cada vez mais gordo, maior, enquanto os *holluschickie* brincam em volta dele, naquele mar onde nenhum homem consegue chegar.

Lukannon

(Esta é a canção do fundo do mar que todas as focas da ilha de Saint-Paul cantam quando estão voltando para suas praias no verão. É uma espécie de Hino Nacional muito triste.)

Eu encontrei meus companheiros de manhã (e, oh, já estou tão velho)
Lá onde as colinas esbarram nos rochedos
Eu ouvi o coro de dois milhões de vozes, que cantavam as praias de Lukannon.

A canção de belos lugares ao lado de lagoas salgadas
A canção do vento que sopra derrubando as dunas
A canção das danças da meia-noite que deixou o mar em chamas
As praias de Lukannon – antes dos caçadores chegarem.

Encontrei meus companheiros pela manhã (eu nunca mais os verei)
Eles vieram e se foram em grupos que escureceram toda a praia.
E através da espuma escura do mar, até onde se podiam ouvir as vozes
Chegamos ao litoral e cantamos a canção da chegada.

As praias de Lukannon – os trigais de inverno crescendo!
O nevoeiro do mar, o líquen em gotas!
As plataformas onde brincávamos brilhando lá longe!
Praia de Lukannon – o lugar onde nascemos!

Encontrei meus companheiros pela manhã, um bando de velhos, alquebrados.
Os homens atiram em nós na água e nos pegam na areia;
Nos levam para a Casa de Sal como ovelhas para o matadouro,
E mesmo assim cantamos Lukannon – a Lukannon de antes dos caçadores.

Rodem, rodem para o sul! Vá, Gooverrooska!
Vá e cante aos Reis do Fundo do Mar a história da nossa desgraça;
E, assim como a tempestade leva embora os ovos do tubarão,
Assim Lukannon não verá seus filhos nunca mais!

Rikki-tikki-tavi

Do buraco para onde entrou
Olho Vermelho chamou Pele Enrugada
Ouça o que Olho Vermelho disse:
– Nag, suba aqui e venha dançar a Dança da Morte.

Olho no olho, cabeça contra cabeça!
(Não se exceda, Nag!)
Isso só terminará quando um deles morrer
(Como preferir, Nag!)
Um de cada vez, golpe por golpe
(Corra e se esconda, Nag!)
Oh! A morte encapuzada passou por perto!
(Que desgraça, Nag!)

Esta é a história da Grande Guerra que Rikki-tikki-tavi travou sozinho nos banheiros do grande bangalô do acampamento militar de Segowlee. Darzee, o pássaro-alfaiate, o ajudou e Chuchundra, o rato almiscarado que, prevenido, só anda pelos rodapés, lhe deu alguns conselhos, mas quem realmente lutou foi Rikki-tikki.

Rikki-tikki era um mangusto, parecido com um gato no pelo e na cauda, e com uma doninha na cabeça e nos hábitos. Seus olhos e a ponta de seu nariz inquieto eram cor-de-rosa e podia se coçar em qualquer parte do corpo, com qualquer pata que escolhesse, traseira ou dianteira. Podia amaciar sua cauda até que parecesse uma escova de limpar garrafas e seu grito de guerra, que emitia ao correr pela grama, era: “Rikk – tikk – tikki – tikki – tchk!”.

Um dia, uma grande enchente de verão arrastou-o para fora da toca onde vivia com seus pais e o carregou, esperneando, até uma vala na beira da estrada. Rikki-tikki encontrou um pequeno tufo de grama flutuando ali e agarrou-se a ele, até perder os sentidos. Quando voltou a si, estava deitado sob o sol quente no meio de um jardim, cheio de lama, e havia um garoto dizendo:

– Olhem, um mangusto morto! Vamos fazer o enterro!

– Não – disse a mãe. – Vamos levá-lo para dentro e secá-lo, talvez ele não esteja realmente morto.

Eles o levaram para dentro da casa e um homem grande pegou-o na mão e, quando o tocou, disse que não estava morto, mas congelado, e eles então o embrulharam em um cobertor de algodão, o aqueceram até que ele abriu os olhos e espirrou.

– Agora – disse o homem grande (um inglês que tinha acabado de se mudar para o bangalô) –, não o assustem e vamos ver o que ele faz.

Assustar um mangusto é a coisa mais difícil do mundo, pois ele é a criatura mais curiosa que existe. O lema de toda a família de mangusto é: "corra e descubra", e Rikki-tikki era um verdadeiro mangusto. Olhou para o cobertor, concluiu que não era uma lã boa para comer, levantou, ajeitou o pelo, coçou-se e pulou para o ombro do garoto.

– Não se assuste, Teddy – disse o pai –, é o jeito dele de fazer amigos.

– Ai! Ele está fazendo cócegas no meu queixo – falou o garoto.

Rikki-tikki olhou para baixo, entre o colarinho e o pescoço do garoto, fungou junto ao seu ouvido e desceu para o chão, onde ficou sentado, esfregando o nariz.

– Que gracinha! – disse a mãe de Teddy –, e pensar que é um bicho selvagem. Acho que ele está assim tão mansinho porque nós o tratamos bem.

– Todos os mangustos são assim – disse o marido. Se Teddy não puxá-lo pelo rabo, ou tentar colocá-lo em uma gaiola, ele vai correr o dia inteiro pela casa. Vamos dar alguma coisa para ele comer.

Deram-lhe um pedaço pequeno de carne crua. Rikki-tikki gostou muito e, quando terminou de comer, foi para a varanda e sentou-se ao sol, alisando o pelo até secá-lo completamente. Sentiu-se bem melhor.

"Há muitas outras coisas para serem descobertas nesta casa", disse consigo mesmo, "além do que a minha família poderia encontrar a vida inteira. Vou ficar por aqui e procurar."

Passou o dia inteiro circulando pela casa. Quase se afogou nas banheiras, enfiou o nariz num tinteiro em cima da escrivaninha e queimou o nariz na ponta do charuto do homem grande quando subiu no seu colo para ver como é que ele escrevia. À noite, entrou no quarto de Teddy para ver como as lâmpadas de querosene eram acesas, e quando Teddy deitou, subiu na cama também, mas era uma companhia inquieta, porque, curioso, levantava a toda hora por causa do menor barulho, a noite inteira, para saber o que era. Os pais de Teddy entraram no quarto antes de deitar para olhar o garoto e viram Rikki-tikki acordado em cima do travesseiro.

– Não gosto disso – disse a mãe do menino –, ele pode morder o garoto.

– Ele não vai fazer isso – disse o pai. – Teddy está mais seguro com ele aqui do que se tivesse um cão de caça cuidando dele. Se uma cobra entrasse aqui, por exemplo.

Mas a mãe de Teddy não podia nem pensar numa coisa tão terrível.

De manhã cedo, Rikki-tikki foi tomar o café na varanda, no ombro de Teddy. Deram-lhe banana e ovo cozido e ele sentou no colo de cada um deles, porque todo mangusto bem-nascido sempre almeja tornar-se um dia um mangusto de estimação e ter muito espaço na casa para correr, e a mãe de Rikki-tikki (que morou na casa do general em Segowlee) tinha-lhe ensinado o que fazer se algum dia ele se encontrasse com homens brancos.

Depois disso, Rikki-tikki foi para o jardim para ver o que havia lá para ser visto. Era um jardim enorme e só a metade estava cultivada, com arbustos tão grandes quanto as roseiras das casas de veraneio de Marsha Niel, com laranjeiras e limeiras, bambus e grama alta e espessa. Rikki-tikki lambeu os lábios, dizendo: "Eis um esplêndido território de caça", e seu rabo chegou a crescer ao pensar nisso; começou a correr para cima e para baixo pelo jardim, farejando tudo, até que escutou um lamento vindo de uma moita de espinhos.

Eram Darzee, o pássaro-alfaiate, e sua esposa. Eles tinham feito um lindo ninho juntando duas folhas grandes presas nas pontas por fibras e enchendo-as com algodão e penugem macia.

Estavam sentados na beira do ninho – que balançava de um lado para o outro – chorando.

– O que aconteceu? – perguntou Rikki-tikki.

– Nós somos uns infelizes – disse Darzee. – Um dos nossos bebês caiu do ninho ontem e Nag o comeu.

– Oh... que coisa triste. Mas eu não sou daqui. Quem é Nag? – perguntou Rikki-tikki.

Darzee e sua esposa agacharam-se de medo, dentro do ninho, pois da grama alta ao pé do arbusto veio um silvo baixinho, um som frio e horrível que fez Rikki-tikki voltar vários passos para trás.

Então, polegada a polegada, ergueu-se da grama e esticou-se a cabeça de Nag, a grande cobra negra. Quando havia erguido um terço de seu corpo, começou a balançar como um dente-de-leão ao vento e olhou para Rikki-tikki, fixando nele seus perversos olhos de cobra, que nunca mudam de expressão, não importa no que esteja pensando.

– Quem é Nag? – perguntou.

– Eu sou Nag. O Grande deus Brama colocou sua marca em todo o nosso povo quando a primeira grande cobra abriu seu capuz para protegê-lo do sol enquanto ele dormia. Olhe para mim e comece a tremer de medo.

Nag abriu seu capuz mais do que nunca e Rikki-tikki viu a marca enorme nas costas da serpente parecendo dois olhos ligados entre si por um colchete. Por um breve momento Rikki-tikki sentiu medo, mas é impossível para um mangusto ficar assustado por muito tempo; embora ele nunca houvesse visto uma cobra viva antes, sua mãe o alimentara com cobras mortas, e ele sabia que o que os mangustos fazem a vida inteira é lutar contra cobras e comê-las. Nag também sabia disso e, no fundo de seu frio coração, também estava com medo.

– Bem – disse Rikki-tikki, e seu rabo começou a crescer outra vez –, *com* ou *sem* marcas, você acha que está certo devorar filhotinhos que caem dos ninhos?

Nag estava pensativo e atento ao menor movimento na grama por trás de Rikki-tikki. Ele sabia que mangustos no jardim significavam morte mais cedo ou mais tarde para ele e sua família, e queria Rikki-tikki bem longe dali. Então baixou a cabeça um pouco e inclinou-a para o lado.

– Vamos conversar – disse. – Você come ovos. Por que eu não deveria comer pássaros?

– Atrás de você! Olhe para trás! – gritou Darzee.

Rikki-tikki sabia que não poderia perder tempo olhando. Saltou no ar o mais alto que pôde e logo embaixo dele surgia Nagaina, a cruel esposa de Nag. Ela esgueirava-se atrás de Rikki-tikki enquanto ele falava, pronta para dar um fim no mangusto, que pôde ouvir seu silvo selvagem quando o bote falhou. Rikki-tikki desceu quase sobre seu dorso e, se fosse um mangusto mais velho, saberia que aquele era o momento exato de quebrar suas costas com uma mordida, mas ficou com medo do terrível golpe que poderia vir como reação. Mordeu, mas não o suficiente, e logo saltou para longe da cauda de Nagaina, deixando-a machucada e furiosa.

– Darzee, seu miserável! – gritou Nag, pulando o mais alto que pôde em direção ao ninho no arbusto, mas Darzee o tinha construído em um lugar onde as cobras não podiam alcançar, de modo que ele apenas balançou um pouco.

Rikki-tikki sentiu que seus olhos foram ficando vermelhos e quentes (quando os olhos de um mangusto ficam vermelhos é porque ele está com raiva), saltou sobre sua cauda, apoiando-se nas patas traseiras, como um pequeno canguru, e olhou em volta, rangendo os dentes de raiva. Mas Nag e Nagaina tinham desaparecido na grama. Quando uma serpente erra o bote, não diz nada nem dá a menor pista de qual é o seu próximo passo. Rikki-tikki nem tentou segui-los, pois não tinha certeza se poderia enfrentar duas serpentes ao mesmo tempo, de modo que andou rápido para o caminho de cascalho próximo à casa e sentou para pensar. Isso era um assunto muito sério para ele.

Se você ler os livros antigos de história natural vai ver que eles dizem que quando um mangusto luta com uma cobra e é mordido, ele foge e come uma erva que o cura. Isso não é verdade. A vitória depende exclusivamente da rapidez do olhar e da agilidade das patas – é o bote da cobra contra o salto do mangusto – e, como nenhum olho é capaz de acompanhar a cabeça de uma serpente quando ela ataca, isso torna tudo ainda mais fascinante do que qualquer erva mágica. Rikki-tikki sabia que era um mangusto jovem e isso lhe deu ainda mais satisfação por ter conseguido escapar de um bote por trás. Deu-lhe também muita autoconfiança, e quando Teddy desceu correndo ao seu encontro, Rikki-tikki estava pronto para brincar.

Mas bem quando Teddy estava se abaixando para pegá-lo, alguma coisa saltou do meio da poeira e uma voz aguda disse:

– Cuidado! Eu sou a morte!

Era Karait, a cobrinha marrom que habita por vontade própria a poeira do chão. Sua picada é tão venenosa quanto a de qualquer outra serpente, mas, como é muito pequena, ninguém imagina que ela pode fazer mal.

Os olhos de Rikki-tikki ficaram vermelhos outra vez. Lançou-se contra Karait com um movimento típico de sua espécie. É um movimento muito engraçado, mas que propicia ao mangusto um equilíbrio perfeito, que lhe permite saltar em qualquer ângulo que queira – e quando se enfrenta uma cobra, isso é uma grande vantagem. O que Rikki-tikki não sabia era que estava atacando alguém muito mais perigoso do que Nag, pois Karait era tão pequena e podia virar-se com tanta rapidez que, a menos que o mangusto a mordesse logo atrás da cabeça, levaria um bote que o atingiria num olho ou num lábio. Rikki-tikki não sabia dessas coisas, seus olhos estavam pegando fogo e ficou balançando o corpo, procurando por onde atacar. Karait deu o bote. Rikki saltou de lado, tentando reagir, mas a maldita cabecinha de pó riscou o ar junto a seu ombro e ele precisou pular outra vez, e mesmo assim a cabeça chegou bem perto do seu calcanhar.

Teddy gritou para dentro de casa:

– Venham aqui! Olhem! O nosso mangusto está matando uma cobra!

E Rikki-tikki pôde ouvir um grito da mãe de Teddy. O pai saiu correndo com um bastão, mas ao chegar, Karait havia errado mais um bote, e Rikki-tikki caíra com um salto sobre as costas da cobra. Em seguida, dobrou a cabeça dela para baixo, entre as patas da frente, e a mordeu, sempre nas costas, bem junto à cabeça.

Essa mordida paralisou Karait, e o mangusto já ia começar a comê-la, como é hábito entre os mangustos, mas lembrou-se de que uma refeição completa torna o mangusto lento e que se quisesse dispor de toda sua força e rapidez deveria continuar em jejum.

Foi embora tomar um banho de poeira sob o arbusto de mamona, enquanto o pai de Teddy batia na cobra já morta.

– Para que isso? – pensou Rikki-tikki. – Eu já resolvi tudo.

A mãe de Teddy pegou Rikki no colo, gritando que ele havia salvado a vida do seu filho, e o pai disse que ele era uma bênção naquela casa e Teddy ficou olhando com olhos arregalados. Rikki achou tudo muito divertido, embora, naturalmente, não entendesse o motivo de tanto estardalhaço. A mãe de Teddy só faltou dar os parabéns ao filho por ter ido brincar na areia. Rikki-tikki estava adorando tudo aquilo.

Naquela noite, andando de um lado para outro na mesa, entre os copos de vinho, Rikki poderia ter-se empanturrado três vezes mais com tantas coisas boas, e embora fosse muito agradável ser elogiado e acariciado pela mãe de Teddy e ficar sentado no ombro do menino, sentia os olhos ficarem vermelhos a cada vez que lembrava de Nag e Nagaina, o que o fazia soltar seu longo grito de guerra: “Rikk-tikk-tikki-tikki-tchk!”.

Teddy levou-o para a cama e insistiu para que Rikki-tikki dormisse debaixo do seu queixo. Rikki era bem-educado demais para arranhar ou morder o garoto, e logo que Teddy pegou no sono, fugiu para seu passeio noturno pela casa. No escuro, se deparou com Chuchundra, o rato almíscar, rastejando pelos rodapés. Chuchundra é um pobre de um rato que chora e grita a noite toda tentando criar coragem para correr para o meio da sala, mas nunca consegue chegar lá.

– Não me mate – disse Chuchundra, quase chorando. – Rikki-tikki, não me mate.

– Você acha que um exterminador de cobras vai matar um rato almiscarado? – perguntou Rikki com desprezo.

– Aqueles que matam cobras também são mortos por elas – disse Chuchundra, mais desolado do que nunca. – Como vou ter certeza de que Nag não vai me confundir com você numa noite escura?

– Não há o menor perigo – disse Rikki. – Além disso, Nag está sempre no jardim e eu sei que você não vai lá, estranhou Rikki.

– Meu primo Chua, o rato, me contou – disse Chuchundra, e parou de repente.

– Contou o quê?

– Psiu, Nag está em toda parte, Rikki-tikki. Você devia ter conversado com Chua, no jardim.

– Mas não conversei, portanto você tem que me contar. Rápido, Chuchundra, antes que eu lhe morda!

Chuchundra sentou-se e chorou até as lágrimas rolarem pelos seus bigodes.

– Sou um pobre animal – soluçava. – Nunca tive coragem suficiente para correr até o meio da sala. Tss... Não devo lhe contar nada. Você está ouvindo?

Rikki-tikki escutou. A casa estava na mais absoluta calma, mas ele teve a impressão de ouvir um barulho mínimo tão sutil quanto uma mosca arrastando as patas no vidro da janela, o arranhar seco das escamas de uma serpente sobre o cimento.

"É Nag ou Nagaina", pensou, "e está entrando no encanamento do banheiro."

– Você tem razão, Chuchundra, eu deveria ter falado com Chua.

Rikki correu para o banheiro de Teddy, mas não encontrou nada lá. No banheiro da mãe de Teddy, no chão, um tijolo havia sido retirado para permitir o escoamento da água do banho, e Rikki-tikki esgueirou-se junto ao rodapé de cimento caído, onde estava encostada a banheira, e escutou Nag e Nagaina sussurrando do lado de fora, à luz do luar.

– Quando não houver mais ninguém na casa – dizia Nagaina para o marido –, ele terá que ir embora e o jardim vai ser nosso novamente. Entre em silêncio e lembre-se de que o homem grande que matou Karait deve ser o primeiro a ser mordido. Depois saia e venha me contar, e então iremos juntos à caça de Rikki-tikki.

– Mas você tem certeza de que existe alguma vantagem em matar as pessoas? – disse Nag.

– Muitas vantagens. Quando não havia pessoas no bangalô, apareceu algum mangusto no jardim? Quando o bangalô ficar vazio, seremos rei e rainha do jardim, e não esqueça de que assim que nossos ovos no canteiro dos melões forem chocados (o que deve acontecer amanhã), nossos filhotes precisarão de espaço e tranquilidade.

– Eu não tinha pensado nisso – disse Nag. – Eu vou, mas não vejo necessidade de caçar Rikki-tikki depois disso. Eu mato o homem grande e a mulher, e até o garoto se puder, e saio em silêncio. O bangalô vai ficar vazio e Rikki-tikki vai acabar indo embora.

Rikki-tikki arrepiou-se de raiva quando ouviu isso e viu a cabeça de Nag surgir do ralo, seguida de seu longo corpo gelado. Mesmo furioso, Rikki-tikki ficou muito assustado ao ver o tamanho da cobra. Nag se enroscou, levantou a cabeça, olhou para o banheiro na escuridão, e Rikki pôde ver o brilho de seus olhos.

– Se eu matá-lo agora, Nagaina vai ficar sabendo, e se eu atacá-lo no chão, ele terá vantagens. O que fazer? – perguntava-se Rikki-tikki.

Nag balançava-se de um lado para outro e Rikki-tikki ouviu-o bebendo do enorme jarro que era usado para encher a banheira.

– Muito bom...! – disse Nag. – Bem... vejamos... quando Karait foi morto, o homem grande usou um bastão. Ele pode ainda estar com o bastão, mas quando ele vem ao banheiro de manhã não vem com o bastão. Vou esperar aqui. Nagaina, você está me ouvindo? Vou esperar aqui por ele, até de manhã!

Como não houve resposta do lado de fora, Rikki-tikki percebeu que Nagaina tinha ido embora. Nag enroscou-se todo, anel por anel, em volta do jarro, e Rikki-tikki ficou parado, duro como uma pedra. Depois de uma hora começou a se mover, músculo por músculo, em direção ao jarro. Nag estava dormindo e Rikki-tikki olhava para seu enorme dorso, pensando em qual seria o melhor lugar para atacar.

– Se eu não quebrar seu pescoço na primeira – pensou Rikki-tikki, ele ainda vai poder reagir. E se ele reagir... – pobre Rikki! Olhava para o pescoço abaixo do capuz e o achava grosso demais para ele. – E, por outro lado, se eu o morder perto do rabo, isso só vai servir para enfurecê-lo. Tem que ser na cabeça – concluiu. – Na cabeça, bem acima do capuz e, uma vez ali, não posso deixar escapar.

Então saltou. A cabeça estava no chão, bem perto do jarro, e quando Rikki cravou-lhe os dentes, espremeu a cabeça da cobra contra o bojo do jarro de cerâmica para que não escapasse. Isso deu a ele uma pequena vantagem, que usou da melhor maneira possível. Até que foi sacudido para frente e para trás, como um rato pego por um cachorro – para frente e para trás, para cima e para baixo (rodopiando várias vezes), mas seus olhos estavam vermelhos e ele não largou a cobra, que se debatia pelo chão, derrubando a caneca de alumínio, a saboneteira, a escova e batendo contra o lado metálico da banheira. Enquanto isso, Rikki apertava ainda mais as mandíbulas, pois tinha certeza de que morreria ali e, pela honra da família, preferia ser encontrado com os dentes cerrados.

Estava tonto, dolorido, e sentia-se todo despedaçado quando, subitamente, alguma coisa explodiu como um trovão, bem atrás dele; um vento quente o fez perder os sentidos e um fogo vermelho chamuscou seu pelo. O homem grande tinha acordado com o barulho e disparou dois cartuchos de uma arma em Nag, bem atrás do capuz.

Rikki-tikki continuava de olhos fechados, pois agora tinha certeza de que estava morto, mas a cabeça de Nag não se mexeu e o homem grande pegou-o do chão e disse:

– Foi o mangusto novamente, Alice; desta vez, ele salvou as *nossas* vidas. E a mãe de Teddy entrou muito pálida e viu o que tinha sobrado de Nag. Rikki-tikki arrastou-se até o quarto de Teddy e passou metade do que restava da noite movendo-se de um lado para outro, bem devagar, para ver se realmente estava quebrado em quarenta pedaços, como imaginava.

Quando amanheceu, sentia-se todo dolorido, mas bem satisfeito com suas peripécias.

– Agora tenho Nagaina para acertar contas, e ela vai ser pior do que cinco Nags, e não há como saber quando é que os ovos de que ela falou vão se romper. Meu Deus! Preciso falar com Darzee – ele disse.

Sem esperar pelo café da manhã, Rikki-tikki correu até o arbusto onde Darzee estava cantando uma canção de vitória, com toda a sua voz. A notícia da morte de Nag espalhara-se pelo jardim inteiro, pois o empregado varrera o corpo para a lixeira.

– Seu tufo de penas idiota! – disse Rikki-tikki, zangado. – Isso é hora de cantar?

– Nag está morto! Morto! Morto! – cantava Darzee. – O corajoso Rikki-tikki pegou-o pela cabeça e não largou. O homem grande trouxe seu bastão de atirar e Nag partiu-se em dois. Ele nunca mais vai voltar a comer meus filhotes!

– Tudo isso é verdade, mas onde está Nagaina? – perguntou Rikki-tikki olhando em volta, com cuidado.

– Nagaina foi para o ralo do banheiro procurar por Nag – continuou Darzee –, e Nag apareceu na ponta de um bastão. O faxineiro pegou Nag na ponta do bastão e jogou-o na lixeira. Vamos cantar em homenagem ao grande Rikki-tikki de olhos vermelhos. E Darzee aqueceu a garganta e cantou.

– Se eu conseguisse subir até o seu ninho, tiraria todos os seus filhotes dali – disse Rikki-tikki. – Você não sabe fazer a coisa certa na hora certa. Você está bem seguro no seu ninho aí em cima, mas aqui embaixo, para mim, é uma guerra. Pare de cantar um minuto, Darzee.

– Em nome do grande e belo Rikki-tikki eu vou parar – disse Darzee. – O que quer, ó matador do terrível Nag?

– Pela terceira vez, onde está Nagaina?

– Na lixeira, perto dos estábulos, velando Nag, grande Rikki-tikki dos dentes brancos.

– Deixe os meus dentes brancos pra lá! Você sabe onde é que ela guarda seus ovos?

– No canteiro dos melões, no canto mais perto da parede, onde bate sol quase o dia inteiro. Ela os escondeu lá há algumas semanas.

– E você nunca pensou que valeria a pena me contar? No canto mais perto da parede, você disse?

– Rikki-tikki, você não vai comer os ovos dela, vai?

– Não. Comer, exatamente, não. Darzee, se você tiver um pingo de juízo, vai voar até os estábulos e fingir que está com a asa quebrada e deixar que Nagaina o persiga até aqui. Eu tenho que ir até o canteiro de melões, e se eu fosse lá agora, ela me veria.

Darzee era uma criatura com um cérebro de penas que nunca conseguia reter mais do que uma ideia de cada vez na cabeça, e só porque ele sabia que os filhotes de Nagaina nasciam de ovos, como os seus, não achava justo matá-los. Mas sua mulher era muito mais sensata e sabia que ovos de serpente significavam jovens serpentes mais tarde, então saiu voando de seu ninho, deixando Darzee lá para aquecer os filhotes e continuar sua tola canção que falava sobre a morte de Nag. Darzee era muito parecido com os homens, sob alguns aspectos.

Ela começou a se agitar em frente à Nagaina, perto da lixeira, e gritou:

– Oh, minha asa está partida! O garoto da casa me jogou uma pedra e quebrou minha asa! – E se agitava com mais desespero do que nunca.

Nagaina levantou a cabeça e sibilou:

– Você avisou Rikki-tikki quando eu estava indo matá-lo. Realmente, você escolheu um péssimo lugar para vir mostrar sua asa quebrada. – E foi em direção à mulher de Darzee, escorregando sobre o pó.

– O garoto partiu minha asa com uma pedra! – queixava-se a mulher de Darzee.

– Bem, talvez lhe sirva de consolo, quando você estiver morta, saber que eu pretendo acertar contas com o garoto. Meu marido jaz ali na lixeira agora, mas, antes de anoitecer, o garoto da casa também estará totalmente imóvel. Para que tentar fugir? Eu vou pegar você, com certeza. Sua idiota, olhe para mim!

A esposa de Darzee sabia muito bem que não devia fazer isso, pois quando um pássaro olha nos olhos de uma serpente, fica tão assustado que não consegue se mover. A mulher de Darzee continuou se agitando, piando de dor sem sair do chão e Nagaina apressava o passo.

Rikki-tikki pôde ouvi-las subindo, vindo dos estábulos, e correu para a ponta do canteiro de melões, perto do muro. Lá, no leito quente das frutas, bem escondidinhos, ele encontrou vinte e cinco ovos, mais ou menos do tamanho dos de uma galinha, mas com uma pele esbranquiçada no lugar da casca.

– Não cheguei nem um dia adiantado – disse, pois viu os filhotes de cobra enrolados dentro da pele e sabia que, no momento em que saíssem dos ovos, cada um deles teria condições de matar um homem ou um mangusto. Ele mordeu a parte de cima dos ovos o mais rápido que pôde, cuidando para esmagar as cobras recém-nascidas e revirando o leito de tempos em tempos para ver se tinha deixado escapar alguma. No final, só haviam sobrado três ovos, e Rikki-tikki começou a rir sozinho, quando ouviu o grito da mulher de Darzee:

– Rikki-tikki, eu levei Nagaina até a casa. Ela entrou na varanda e – oh!, venha depressa – ela veio para matar!

Rikki-tikki esmagou dois dos ovos, afastou-se do canteiro com o terceiro na boca e correu para a varanda logo que conseguiu pôr os pés no chão. Teddy e seus pais estavam lá, para o café, mas Rikki-tikki viu que eles não estavam comendo nada. Estavam sentados, duros como pedra, pálidos. Nagaina estava enroscada no tapete perto da cadeira de Teddy, bem pertinho da perna dele, e balançava o corpo para lá e para cá, cantando uma canção de vitória.

– Filho do homem grande que matou Nag – ela silvou. – Fique parado. Eu ainda não estou pronta. Espere um pouquinho. Fiquem completamente imóveis, vocês três. Se vocês se mexerem, eu ataco. Se não se mexerem, eu também ataco. Oh, seus idiotas que mataram meu Nag!

Os olhos de Teddy estavam fixos em seu pai e só o que seu pai conseguia fazer era sussurrar:

– Fique paradinho, Teddy. Não se mexa, por favor. Fique bem quietinho.

Até que chegou Rikki-tikki gritando:

– Vire-se, Nagaina. Vire-se e venha lutar.

– Cada coisa na sua hora – disse ela, sem mexer os olhos. – Eu vou acertar contas com você em seguida. Olhe seus amigos, Rikki-tikki. Estão paralisados e pálidos: estão morrendo de medo. Não ousam se mover... e se você der mais um passo, eu ataco.

– Olhe para seus ovos – disse Rikki-tikki, no canteiro de melões. – Vá olhar, Nagaina.

A grande serpente fez meia-volta e viu seu ovo na varanda.

– Ah... me devolva isso! – ela disse.

Rikki-tikki pôs as patas uma de cada lado do ovo e seus olhos se avermelharam.

– Qual é o preço de um ovo de serpente? De uma cobra jovem? De uma jovem serpente-rainha? Qual o preço da última, a única serpente que sobrou de toda a ninhada? As formigas estão comendo as outras lá embaixo no canteiro dos melões.

Nagaina deu um giro, esquecendo de tudo, só para salvar seu ovo, e Rikki-tikki viu o pai de Teddy estender sua mãozona, pegar Teddy pelo ombro e arrastá-lo por cima da mesinha com as xícaras, a salvo e fora do alcance de Nagaina.

– Benfeito! Benfeito! Enganei você! – gritou Rikki-tikki. – O garoto está a salvo e fui eu – eu! eu! – quem pegou Nag pelo capuz a noite passada, no banheiro. E começou a pular como um louco, as quatro patas bem juntas e a cabeça quase no chão. Ele me sacudiu de um lado para outro, mas não conseguiu me tirar de cima dele. Já estava morto quando o homem grande o explodiu em dois. Eu o matei! Eu o matei! Eu! Rikki-tikki-tck-tck! Venha, Nagaina! Venha lutar comigo. Você não vai ficar viúva por muito tempo.

Nagaina viu que havia perdido a chance de matar Teddy, e o ovo estava ainda entre as patas de Rikki-tikki.

– Me dê o ovo, Rikki-tikki! Me dê o último dos meus ovos e eu vou embora para nunca mais voltar – dizia, recolhendo o capuz.

– Sim, você vai embora e não vai voltar nunca mais, pois vai para a lixeira junto com Nag. Lute, viúva! O homem grande foi buscar a arma! Lute!

Rikki-tikki pulava em volta de Nagaina, mantendo-se fora do alcance de seus botes, com os olhos vermelhos como carvão em brasa. Nagaina contraiu seu corpo e lançou-se contra ele. Rikki-tikki pulou de lado e para o alto. Nagaina repetiu o bote várias vezes e todas as vezes sua cabeça trazia de volta somente um pedaço do tapete que cobria o chão da varanda, e sempre retornava a sua postura inicial, enroscando-se como uma mola de relógio. Aí, Rikki-tikki começou a dançar em círculos para pegá-la por trás, e Nagaina movia a cabeça de modo que o barulho de sua cauda arrastando-se pelo tapete se parecesse com o de folhas secas sendo sopradas pelo vento.

Rikki-tikki havia esquecido do ovo, que estava no chão da varanda, e Nagaina foi se aproximando dele até que, finalmente, enquanto Rikki-tikki tomava fôlego, ela o pegou pela boca, virou-se para a escada da varanda e voou como uma flecha com Rikki-tikki atrás dela. Quando uma cobra corre para salvar a vida, é rápida como um chicote no pescoço de um cavalo.

Rikki-tikki sabia que precisava alcançá-la ou tudo recomeçaria. Ela pegou o caminho da grama alta, pela moita de espinhos, e, enquanto corria atrás dela, Rikki-tikki ainda ouviu Darzee cantando sua tola canção de vitória. Mas a mulher de Darzee era mais esperta. Voou para longe do ninho quando viu Nagaina se aproximar e começou a agitar as asas sobre a cabeça dela. Se Darzee tivesse ajudado, eles poderiam tê-la desviado dali, mas Nagaina apenas baixou o capuz e seguiu em frente.

Ainda assim, aquele pequeno atraso permitiu que Rikki-tikki a alcançasse, e no momento em que Nagaina mergulhou no buraco em que morava com Nag, os dentinhos brancos de Rikki-tikki fincaram-se em sua cauda e ele foi para baixo com ela. Poucos mangustos, por mais espertos e experientes que sejam, se dão ao trabalho de seguir uma cobra até o seu buraco. Estava escuro lá dentro, e Rikki-tikki não sabia quando ele se abriria o suficiente para que Nagaina pudesse atacá-lo. Segurou-a com raiva pela cauda e esticou suas patas para frear a descida àquela toca quente, úmida e escura.

Então a grama na borda do buraco parou de se mover e Darzee disse:

– Está tudo acabado para Rikki-tikki! Temos que cantar sua canção de morte. O valente Rikki-tikki está morto, pois é claro que Nagaina vai matá-lo lá embaixo.

E cantou uma canção fúnebre que fez ali na hora. Bem quando chegava à parte mais emocionante, a grama agitou-se outra vez e Rikki-tikki, coberto de sujeira, arrastou-se para fora do buraco, pata por pata, lambendo os bigodes. Darzee deu um grito e parou de cantar. Rikki-tikki sacudiu um pouco da poeira de seu pelo e espirrou.

– Está tudo acabado – ele disse. – A viúva não sairá da toca nunca mais. E logo que as formigas vermelhas que vivem entre as raízes da grama ouviram isso alinharam-se uma atrás da outra para ver se ele estava falando a verdade.

Rikki-tikki enroscou-se todo na grama e adormeceu ali mesmo – dormiu até o final da tarde, pois tivera um dia de trabalho muito duro.

– Agora – disse, assim que acordou –, vou voltar para a casa. Darzee, conte à araponga e ela avisará a todo o jardim que Nagaina está morta.

A araponga é um pássaro que faz um barulho igual à batida de um pequeno martelo num pote de cobre, e faz isso porque é o arauto de todos os jardins na Índia e conta as novidades para quem quiser ouvir. Enquanto Rikki-tikki subia pela estradinha, pôde ouvir as notas para chamar atenção como uma sineta anunciando o jantar, e logo em seguida um "Ding-dong-tok! Nag está morto! Ding-dong-tok! Nagaina está morta! Ding-dong-tok! Nagaina está morta! Ding-dong-tok!".

Isso fez com que os pássaros no jardim começassem a cantar e os sapos a coaxar, pois Nag e Nagaina costumavam devorar sapos e pássaros pequenos.

Quando Rikki chegou à casa, Teddy, sua mãe (que ainda estava muito pálida, pois havia desmaiado) e seu pai vieram lá de dentro e quase choraram quando o viram. Naquela noite, comeu tudo o que lhe deram, até não aguentar mais, e foi para a cama no ombro de Teddy, onde a mãe do menino o encontrou quando foi vê-lo tarde da noite.

– Ele salvou nossas vidas e a de Teddy – ela disse para o marido. – Já pensou? Ele salvou a vida de todos nós!

Rikki-tikki acordou com um pulo, pois todos os mangustos têm sono leve.

– Oh, é você! – ele disse. – Não se preocupe com nada. Todas as cobras estão mortas e, mesmo que não estivessem, *eu* estou aqui.

Rikki-tikki tinha o direito de estar muito orgulhoso, mas não ficou convencido demais e continuou cuidando do jardim como um bom mangusto deve fazer: com dentes e pulos, saltos e mordidas, até que nunca mais uma serpente ousou mostrar sua cabeça dentro daqueles muros.

A canção de Darzee
(cantada em homenagem a Rikki-tikki-tavi)

Canto e costuro
Com o duplo dom que Deus me deu
Orgulhoso de minha cantiga no ar,
Orgulhoso da casa que construí
Por todos os lados, vou tecendo minha música e minha casa.
Mãe, cante para seus filhotes, também
Levante a cabeça, enfim
Aquele que espalhou o mal
Já está morto no jardim
O terror que estava oculto nas roseiras está jogado no lixo, sem vida!

E quem foi que fez isso por nós?
Diga seu nome e lugar
Rikki, o bravo e audaz
Tikki, dos olhos em chama
Rikki-tikki-tavi, o caçador com olhos avermelhados, Rikki-tikki, de dentes afiados.

Os pássaros lhe agradecem
Voando com suas penas abertas em leque
E os rouxinóis usam suas melhores palavras
E eu vou honrá-lo para sempre
Pela bravura alcançada.
(Aqui Rikki-tikki a interrompeu, e o resto da canção foi perdido).

Toomai dos Elefantes

Eu vou lembrar sempre o que fui. Estou cansado de cordas e correntes.
Vou lembrar minha antiga força e tudo que fiz na floresta.
Nunca mais vou vender minhas costas para os homens
Por um bocado de cana-de-açúcar.

Vou sair com os meus até o amanhecer até sentir
O beijo livre do vento e a carícia das águas.
Vou esquecer meus grilhões, e romper as barreiras,
Rever meus amores, meus amigos sem mais dominações!

Kala Nag, que quer dizer serpente negra, havia servido ao governo indiano, de todas as maneiras que um elefante pode servir, durante 47 anos e, como havia completado vinte anos quando foi capturado, isso significa que tem agora quase setenta – uma idade bastante avançada para um elefante. Ele lembrava de ter empurrado, com uma enorme almofada de couro na testa, um canhão atolado na lama, e isso foi antes da Guerra Afegã, em 1842, e ainda não estava, na época, no auge de sua força. Sua mãe, Radha Pyari – a querida Radha –, que fora capturada com ele, lhe falou, antes de suas pequenas presas de leite caírem, que os elefantes que sentem medo sempre se machucam. E Kala Nag logo viu que o conselho fazia sentido, pois a primeira vez que ele ouviu um disparo de espingarda recuou, gritando, até uma pilha de rifles, e as baionetas lhe picaram nos lugares mais macios do corpo. Assim, antes de completar 25 anos, parou de sentir medo e ficou sendo o mais amado e o mais procurado dos elefantes a serviço do governo da Índia. Havia carregado tendas, seiscentos quilos de tendas, na marcha para o norte da Índia. Fora içado para um navio na ponta de um guindaste e levado durante dias pela água, e o fizeram carregar um morteiro nas costas, em um país estranho e pedregoso, muito longe da Índia. Vira o imperador Theodore morto em Magdala, e voltara para casa no navio, conforme os soldados disseram, com a Medalha de Honra da Guerra da Abissínia. Dez anos depois, vira seus companheiros elefantes morrerem de frio, de epilepsia, de fome e de insolação em um lugar chamado Ali Musjid e mais adiante fora enviado a milhares de quilômetros ao sul para transportar e empilhar grandes vigas de madeira nas florestas Moulmein.

Lá, ele quase matara um elefante indisciplinado que estava se esquivando de sua parte no trabalho.

Depois disso, foi tirado do trabalho com madeira e empregado, junto a poucos outros elefantes treinados para essa tarefa, para ajudar a capturar elefantes selvagens nas Montanhas de Garo. O governo indiano é muito rígido na preservação dos elefantes. Existe um departamento inteiro que não faz outra coisa senão caçá-los, capturá-los, domesticá-los e fazê-los andar para cima e para baixo no país inteiro onde quer que precisem deles para trabalho.

Kala Nag media quase três metros de altura até os ombros e suas presas haviam sido cortadas pela metade e arredondadas nas pontas com cobre, para evitar que se partissem, mas ele era capaz de fazer mais com aqueles tocos do que qualquer elefante não domesticado podia fazer com as presas afiadas.

Quando, depois de semanas e semanas capturando elefantes espalhados pelas montanhas, os quarenta ou cinquenta monstros selvagens eram levados para dentro de uma paliçada e o grande portão feito de troncos amarrados fechava-se atrás deles, Kala Nag, assim que recebia a ordem, entrava naquele pandemônio, fulgurante e barulhento (geralmente à noite, quando a tocha trêmula tornava difícil medir as distâncias) e, pegando o mais selvagem e de dentes mais pontudos do grupo, golpeava-o e arrastava-o em silêncio, enquanto os homens montados nos outros elefantes laçavam e amarravam os elefantes menores.

Não havia nada na arte da luta que Kala Nag, a velha e sábia serpente negra, desconhecesse, pois no seu tempo havia enfrentado o ataque de um tigre ferido e, enroscando a tromba macia para protegê-la do perigo, havia derrubado a fera, quando esta ia dar o bote, com uma cabeçada rápida que ele mesmo tinha inventado. Derrubara-o e ajoelhara-se sobre ele com seus joelhos enormes até que visse a vida abandoná-lo com um suspiro e um rosnado, e ficasse apenas uma tripa macia no chão, que Kala Nag puxava pela cauda.

– Sim – disse Toomai Grande, seu condutor, filho de Toomai Negro, que levara Kala Nag para a Abissínia, e neto de Toomai dos Elefantes, que assistira à sua captura –, não há nada que a Serpente Negra tema além de mim. Ele já viu três gerações da minha família alimentá-lo e treiná-lo, e vai ver a quarta.

– Ele tem medo de mim, também, disse Toomai Pequeno, levantando-se o mais que podia, coberto apenas por um pedaço de pano. Ele tinha dez anos, era o filho mais velho de Toomai Grande, e, de acordo com a tradição, tomaria o lugar de seu pai no pescoço de

Kala Nag quando crescesse, e tomaria conta da pesada argola de ferro que havia sido usada por seu pai, seu avô e seu bisavô.

Ele sabia do que estava falando, pois nascera à sombra de Kala Nag, brincara com a sua tromba antes de aprender a andar, levara-o para a água assim que começou a andar, e Kala Nag nunca sonharia em desobedecer suas ordens como sequer cogitaria matá-lo naquele dia em que Toomai Grande carregou o bebezinho moreno para baixo das presas de Kala Nag e ordenou-lhe que saudasse seu futuro mestre.

– Sim! – disse Toomai Pequeno – Ele tem medo de mim! – E subiu no dorso de Kala Nag, chamando-o de porco velho e gordo e o fez erguer suas patas, uma depois da outra.

– Ah! – exclamou Toomai Pequeno –, você é um grande elefante – e afagou sua cabeça fofa, citando seu pai: o governo pode até pagar pelos elefantes, mas eles pertencem a nós, os cornacas. – Quando você estiver velho, Kala Nag, aparecerá algum Rajá rico e comprará você, por causa de seu tamanho e de suas boas maneiras, e você não fará mais nada além de carregar brincos de ouro nas orelhas, um assento de ouro nas costas, uma manta vermelha coberta de ouro dos lados, e andará na frente dos cortejos para o rei. Então eu vou estar sentado no seu pescoço, ó, Kala Nag, com uma argola de prata, e os homens correrão à nossa frente com cajados dourados, gritando: "Abram alas para o elefante do rei!". Isso vai ser muito bom, Kala Nag, mas não tão bom quanto caçar na selva.

– Hmm... – disse Toomai Grande. – Você é um menino tão selvagem quanto um filhote de búfalo. Essa correria para cima e para baixo das montanhas não é o melhor emprego no governo. Eu estou ficando velho e decididamente não gosto de elefantes selvagens. Prefiro que me deem estábulos de tijolos, uma baia para cada elefante, grandes toras para amarrá-los com segurança, estradas planas e largas para exercitá-los, em vez desse ir e vir pelo campo. Ah! O acampamento de Cawnpore era uma beleza. Havia um bazar bem perto dali e trabalhava-se apenas três horas por dia.

Toomai Pequeno lembrava-se muito bem dos estábulos de Cawnpore e não disse nada. Preferia mil vezes a vida nos campos. Detestava aquelas estradas planas e largas, e ter que procurar capim todos os dias na reserva, e aquelas horas intermináveis, quando não havia nada para fazer a não ser observar Kala Nag nervoso, preso às estacas.

O que Toomai Pequeno gostava era das trilhas confusas que só um elefante conseguia percorrer, do mergulho vale abaixo, da visão dos elefantes selvagens pastando a milhas dali, dos porcos e pavões fugindo assustados das patas de Kala Nag, das chuvas quentes em que as montanhas e vales desapareciam em meio à fumaça; das bonitas manhãs de neblina, quando ninguém sabia onde acamparia à noite; de conduzir calmamente os elefantes selvagens e da corrida doida, da algazarra da noite da última captura, quando os elefantes entravam na paliçada como pedras rolando e percebiam que não podiam sair, então jogavam-se contra os pesados mourões e eram mandados de volta com gritos, tochas e disparos de pólvora seca.

Até mesmo um menino poderia ser útil lá, e Toomai valia por três deles. Ele pegava sua tocha, agitava-a e gritava melhor do que qualquer um. Mas o bom mesmo acontecia quando chegava a hora de conduzir os animais de volta, e o *Keddah* – isto é, a paliçada – ficava parecendo um retrato do fim do mundo. Os homens tinham que comunicar-se através de sinais, porque não conseguiam escutar suas vozes. Nesse momento, Toomai Pequeno subia no alto de uma das estacas trêmulas da paliçada, os cabelos castanhos queimados do sol voando sobre os ombros, parecendo um duende iluminado pela tocha. Logo que as coisas silenciavam-se um pouco, dava para se ouvir seus gritos agudos de encorajamento a Kala Nag sobrepondo-se aos barridos e às trombadas dos animais, o estalar das cordas e os urros dos elefantes amarrados.

– Maî! Maî! Kala Nag! (Continue, Serpente Negra, continue!) Dant do! (Finque suas presas nele!) Somalo! Somalo! (Cuidado! Cuidado!) Maro! Maro! (Bata nele! Bata nele!) Cuidado com o poste! Arre! Arre! Hai! Yai! Kya-a-ah! – ele gritava, e a luta entre Kala Nag e o elefante selvagem prosseguia de um lado para o outro pelo *Keddah* e os velhos captores de elefantes limpavam o suor dos seus olhos e ainda conseguiam acenar para Toomai Pequeno, remexendo-se alegremente no alto dos postes.

Aliás, ele fazia mais do que isso. Uma noite, desceu do poste, deslizou para o meio dos elefantes e jogou a ponta de uma corda que havia caído para um condutor que estava tentando amarrar a perna de um jovem filhote que não parava de espernear (filhotes sempre dão mais trabalho do que animais crescidos). Kala Nag o viu, pegou-o com a tromba e devolveu-o para Toomai Grande, que lhe deu umas boas palmadas e colocou-o de volta no poste.

Na manhã seguinte, deu-lhe um sermão, dizendo:

– Será que não é suficiente carregar os estábulos de tijolos e as tendazinhas, que você ainda precisa andar capturando elefantes por sua conta, seu pequeno inútil? Agora esses caçadores idiotas, que ganham menos do que eu, foram contar para Petersen Sahib o que aconteceu.

Toomai Pequeno ficou assustado. Ele não conhecia muitos homens brancos, mas Petersen Sahib era, para ele, o maior de todos. Era quem comandava todas as operações em *Keddah* – o homem que conseguia todos os elefantes para o governo da Índia e que sabia mais sobre eles do que qualquer outro homem vivo.

– O quê... O que vai acontecer? – perguntou Toomai Pequeno, assustado.

– O quê? O pior! Pode acontecer o pior. Petersen Sahib é louco. Se não fosse, por que razão ele andaria por aí caçando esses demônios selvagens? Ele pode até lhe requisitar para ser um captor de elefantes, para dormir em qualquer lugar dessa selva cheia de febres, e no final ser pisoteado até a morte no *Keddah*. É bom que essa confusão termine sem maiores consequências. A temporada de captura termina na semana que vem, e nós, das planícies, seremos mandados de volta aos nossos lugares. Então andaremos sobre estradas planas e poderemos esquecer todas essas caçadas. Mas, meu filho, estou zangado mesmo é por você ter se metido no trabalho desses assameses sujos. Kala Nag só obedece a mim e a mais ninguém, portanto eu tenho que entrar com ele no *Keddah*, mas ele é apenas um elefante para luta e não ajuda a laçar. E por isso eu me sento calmamente, como convém a um cornaca – não um mero caçador –, um cornaca, um homem que recebe um salário no final do trabalho. Será que a família Toomai dos Elefantes nasceu para ser pisoteada na sujeira de *Keddah*? Menino ruim! Amaldiçoado! Filho inútil! Vá lavar Kala Nag! E lave bem suas orelhas, cuide para que não fique nenhum espinho em suas patas, do contrário, Petersen Sahib vai pegar você e fazer com que se torne um caçador selvagem, um rastreador dos passos dos elefantes, um urso da selva. Que vergonha! Vá!

Toomai Pequeno afastou-se sem dizer uma palavra, mas contou a Kala Nag todo seu sofrimento, enquanto examinava suas patas.

– Não importa – disse Toomai Pequeno, virando para cima a ponta da enorme orelha de Kala Nag. – Eles disseram o meu nome para Sahib Petersen e... quem sabe? Quem sabe... Quem sabe... Opa! Acabei de tirar um espinho enorme de sua pata!

Passaram os dias seguintes reunindo os elefantes, levando os recém-capturados para caminhar para cima e para baixo no meio de outros já domesticados, para evitar que causassem problemas demais no caminho até as planícies, e também fazendo um levantamento das cordas e de todas as coisas que haviam sido gastas ou perdidas na floresta.

Petersen Sahib chegou montado em sua esperta elefanta, Pudmini. Estava voltando de outros acampamentos onde fora fazer os pagamentos, pois a temporada estava chegando ao fim e havia um empregado nativo sentado a uma mesa embaixo de uma árvore para pagar os salários. Um guia de cada vez ia até lá, recebia, voltava para seu elefante e entrava na fila, que estava pronta para partir. Os captores, os caçadores, os batedores, os homens do *Keddah*, que ficavam na selva todos os anos, montavam nos elefantes que pertenciam à equipe permanente de Petersen Sahib, ou encostavam-se às árvores com suas armas, debochavam dos condutores que estavam indo embora e riam quando os elefantes recém-capturados saíam da fila e disparavam.

Toomai Grande foi até o funcionário com Toomai Pequeno atrás dele, e Machua Appa, o chefe dos rastreadores, falou baixinho para um amigo:

– Eis ali um bom material. É uma pena mandar esse jovem galo da selva para mudar as penas nas planícies.

Petersen Sahib tinha os ouvidos voltados para ele, como deve ter um homem que escuta a mais silenciosa das coisas vivas – o elefante selvagem. Virou-se sobre o dorso de Pudmini e disse:

– Que coisa é essa? Nunca ouvi falar de homem algum no meio das planícies capaz de amarrar um elefante, mesmo que ele esteja morto.

– Não se trata de um homem, mas de um garoto. Ele entrou no *Keddah,* na última vez, e atirou para Barmao a corda, quando estávamos tentando tirar aquele filhotinho de mancha no ombro da sua mãe.

Machua Appa apontou Toomai Pequeno, Petersen Sahib olhou, e Toomai Pequeno curvou-se em cumprimento.

– Ele jogou a corda? Mas ele é menor do que um pino de estaca. Ei, Pequeninho, como é o seu nome? – perguntou Petersen Sahib.

Toomai Pequeno estava assustado demais para falar, mas fez um sinal com a mão, e Kala Nag, que estava atrás dele, pegou-o com sua tromba e o ergueu até a altura da testa de Pudmini, em frente a Sahib Petersen. Toomai Pequeno cobriu o rosto com as mãos, pois era apenas uma criança e, a não ser quando o assunto era elefantes, era tão tímido quanto qualquer uma delas.

– Oh! – disse Petersen Sahib, sorrindo sob os bigodes –, e por que foi que você ensinou ao seu elefante aquele truque? Foi para que ele ajudasse você a roubar milho verde das casas quando são postos para secar?

– Os milhos verdes não, Protetor dos Pobres. Melões! – disse Toomai Pequeno, e todos os homens em volta desataram a rir. A maioria deles havia ensinado aquele truque a seus elefantes quando eram garotos. Toomai Pequeno estava suspenso a uns dois metros do chão e naquele momento desejou estar a dois metros debaixo da terra.

– É meu filho Toomai, Sahib – disse Toomai Grande com cara feia. – É um garoto muito mau e vai acabar indo parar na cadeia.

– Tenho minhas dúvidas – disse Petersen Sahib. – Um garoto capaz de enfrentar um *Keddah* cheio de elefantes nessa idade não vai para trás das grades. Veja, garoto, aqui estão quatro *annas* (moedas) para gastar só em doces, por você ter uma cabecinha embaixo dessa cabeleira. Com o tempo vai acabar se tornando também um caçador. – Toomai Grande franziu a testa ainda mais. – Lembre-se, no entanto, que *Keddahs* não são um bom lugar para as crianças brincarem.

– Não devo ir lá nunca mais? – perguntou Toomai Pequeno, ansioso.

– Sim – respondeu Petersen Sahib, sorrindo. – Quando você tiver visto a dança dos elefantes. Essa é a hora certa. Procure-me quando tiver visto a dança dos elefantes e eu o deixarei entrar em todos os *Keddahs*.

Houve outra gargalhada geral, pois a dança dos elefantes era uma velha piada entre os captores de elefantes, e significava nunca. Há grandes clareiras escondidas na floresta chamadas de Salão de Baile dos Elefantes, mas mesmo esses lugares só são encontrados por acaso e nenhum homem jamais viu a dança dos elefantes. Quando um condutor se gaba de suas habilidades e coragem, os outros perguntam, debochando: "E quando foi que você viu a dança dos elefantes?".

Kala Nag pôs Toomai Pequeno no chão outra vez e o garoto se inclinou em despedida e foi embora com o pai. Deu as quatro moedas para sua mãe, que estava dando de mamar para seu irmãozinho, e todos subiram em Kala Nag, e a fila de elefantes barulhentos desceu a estrada que dava nas planícies. Era uma caminhada bem barulhenta por causa dos novos elefantes, que criavam problemas a cada passo e precisavam que alguém os mandasse seguir ou mesmo os chicoteasse o tempo todo. Toomai Grande conduzia Kala Nag sem piedade, pois estava furioso, enquanto Toomai Pequeno estava feliz demais para falar. Petersen Sahib havia reparado nele e dera-lhe dinheiro, e ele se sentia como um soldado que tivesse sido chamado das fileiras e recebido elogios do seu comandante.

– O que Petersen Sahib quis dizer com a dança dos elefantes? – perguntou afinal, muito suavemente, à sua mãe.

Toomai Grande ouviu a pergunta e grunhiu:

– Quis dizer que você nunca será um desses rastreadores das montanhas. Foi isso que ele quis dizer. Ei! Você aí em frente! O que é que está bloqueando o caminho?

Um condutor assamês, dois ou três elefantes à frente, voltou-se zangado e gritou:

– Traga Kala Nag aqui e faça esse meu jovenzinho se comportar. Por que Petersen Sahib foi escolher logo a *mim* para descer com vocês, burros dos campos de arroz? Traga seu animal, Toomai, e deixe-o conduzir os outros com suas presas. Por todos os Deuses das Montanhas, ou esses elefantes estão possuídos, ou conseguem farejar seus companheiros na selva.

Kala Nag bateu nas costelas do novo elefante e deixou-o sem fôlego, enquanto Toomai Grande dizia:

– Nós já limpamos essas colinas de elefantes selvagens na última caçada. Você é que está sendo descuidado! Será que *eu* é que devo manter a ordem na fila inteira?

– Vocês ouviram essa? – perguntou o outro condutor. – *Nós* limpamos as colinas! Rá! Rá! Rá! Vocês são mesmo muito espertos, povo das planícies. Qualquer um que não seja um cabeça de vento que nunca tenha visto a selva sabe que *eles* já sabem que a temporada de captura já terminou. Portanto, hoje à noite todos os elefantes selvagens vão... – mas por que é que eu vou perder meu tempo com uma tartaruga do rio?

– O que é que eles vão fazer essa noite? – gritou Toomai Pequeno.

– Oh, garoto! Você está aí? Bem, eu vou dizer para você, pois você tem uma boa cabeça. Eles vão dançar. E isso interessa a seu pai – que capturou *todos* os elefantes, em *todas* as colinas – para que reforce suas paliçadas esta noite.

– Que conversa é essa? – perguntou Toomai Grande. – Durante quarenta anos, de pai para filho, tomamos conta de elefantes e nunca ouvimos essa bobajada de dança de elefantes.

– Claro, mas um homem de planície que vive em uma cabana só conhece as quatro paredes dela. Bem, deixe os elefantes soltos esta noite e veja o que acontece. E quanto à dança, eu já vi o lugar onde – *Bapree-Bap*! Quantas curvas tem o Rio Dihang? Bem, aqui temos mais um vau e teremos de fazer os filhotes nadarem. Parem, vocês aí atrás!

E desse jeito, conversando, discutindo e atravessando os rios, eles fizeram sua primeira caminhada até uma espécie de Campo de Recepção para os novos elefantes, mas perderam o controle bem antes de chegar lá.

Lá os elefantes foram acorrentados pelas patas traseiras em grandes estacas, cordas extras foram amarradas aos novos elefantes, a comida foi empilhada na frente deles e os condutores montanheses voltaram para encontrar Petersen Sahib, ainda à luz do dia. Antes de ir, recomendaram aos condutores da planície para terem cuidado extra naquela noite, e caíram na risada quando eles perguntaram por quê.

Toomai Pequeno serviu o jantar para Kala Nag e, ao anoitecer, saiu a passear pelo acampamento, inexplicavelmente feliz, a procura de um tambor. Quando o coração de uma criança indiana está feliz ela não sai correndo por aí fazendo barulho. Ela senta-se e faz uma espécie de comemoração solitária. E Toomai Pequeno tinha falado com Petersen Sahib! Se ele não tivesse encontrado o que procurava, imagino que teria explodido. Mas o vendedor de doces do campo emprestou-lhe um pequeno tambor – um tambor que se toca com a palma de mão – e ele sentou de pernas cruzadas, em frente a Kala Nag, quando as estrelas começaram a aparecer, e tocou, tocou, e tocou. E quanto mais ele pensava na grande honra que tivera naquela tarde, mais sentia vontade de tocar, sozinho no meio da forragem dos elefantes. Não havia música nem letra, mas só bater no tambor já o deixava feliz.

Os novos elefantes esticavam suas cordas e guinchavam de tempos em tempos e Toomai Pequeno pôde escutar sua mãe na cabana fazendo o irmãozinho dormir com uma canção de ninar muito velha sobre o Grande Deus Shiva, que um dia disse a todos os animais o que eles deveriam comer. É uma canção muito doce e seus primeiros versos são assim:

Shiva, que trouxe a colheita e fez os ventos soprarem,
Sentado na entrada de um dia, num tempo distante,
Deu a cada um sua porção, sua comida, seu destino,
seu trabalho,
Do rei em seu palácio, até o mendigo no portão.

Tudo ele fez – Shiva, o que preserva.
Mahadeo! Mahadeo! Tudo ele fez
Espinho para o camelo, grama para o gado
E o coração da mãe para uma cabecinha
sonolenta, oh meu filhinho

Toomai Pequeno acompanhava cada verso com um tum-tum-tum no final, até que sentiu sono e esticou-se na grama ao lado de Kala Nag.

Finalmente os elefantes começaram, um após o outro, como é o costume, a deitar, até que apenas Kala Nag, à direita da fila, ainda estava em pé e balançava-se devagar de um lado para o outro, com as orelhas levantadas para escutar o vento da noite soprando devagarinho sobre as colinas. O ar estava repleto de todos os ruídos noturnos que, juntos, formavam um imenso silêncio – o roçar dos bambus, o ruído de algumas coisas vivas na vegetação, o piado de um pássaro semi-acordado (e os pássaros ficam acordados à noite muito mais do que se imagina) e a queda d'água lá longe, sem parar. Toomai Pequeno dormiu um pouco e quando acordou havia um intenso luar, e Kala Nag ainda estava de pé, com suas orelhas empinadas. Toomai Pequeno virou-se na forragem e observou a sombra das costas imensas de Kala Nag contra a metade das estrelas no céu, e enquanto olhava, ouviu, tão longe que não parecia mais do que um barulhinho cortando a calma da noite, o ruído de um elefante selvagem.

Os elefantes deram um salto, como se tivessem levado um tiro, e seus bramidos acabaram acordando os cornacas, que vieram com grandes malhos, apertaram as estacas e reforçaram os nós até todos se aquietarem. Um elefante novo quase arrancou sua estaca, e Toomai Grande teve de tirar a corrente da pata de Kala Nag e prender as patas do elefante novo. Depois amarrou Kala Nag com uma corda, lembrando-o de que também estava preso, repetindo o que seu pai e seu avô tinham feito centenas de vezes antes. Kala Nag não respondeu ao comando grunhindo, como fazia normalmente. Ficou imóvel, olhando através do luar, a cabeça um pouco erguida e as orelhas abertas como leques, atento às curvas das montanhas Garo.

– Cuide dele, se for ficando inquieto durante a noite – disse Toomai Grande para Toomai Pequeno –, e entrou na cabana para dormir. Toomai Pequeno estava indo dormir também quando ouviu a corda de fibra de coco se romper com um "tang" e Kala Nag disparar tão silenciosa e lentamente quanto uma nuvem aparece na entrada de um vale. Toomai Pequeno saiu atrás dele de pés descalços estrada abaixo, sob o luar, gritando sem fôlego: "Kala Nag! Kala Nag! Leve-me com você, oh, Kala Nag!" O elefante virou-se sem fazer o menor barulho, voltou três passos até o menino, abaixou a tromba, levantou-o até seu pescoço e, um pouco antes de Toomai Pequeno firmar os joelhos, já estava entrando pela floresta.

Houve uma explosão de urros furiosos vindos das fileiras, mas o silêncio sobrepôs-se a tudo e Kala Nag seguiu o seu caminho. De vez em quando, um tufo de grama alta raspava-lhe os lados como uma onda molha o casco de um navio, e outras vezes um feixe de pimenta silvestre roçava-lhe as costas, ou um bambu quebrava-se quando seu dorso lhe tocava, mas, fora isso, Kala Nag movia-se sem fazer absolutamente nenhum ruído, atravessando a espessa floresta Garo como se fosse a coisa mais fácil do mundo. Estava subindo a montanha, mas, embora Toomai Pequeno estivesse olhando as estrelas entre as árvores, não saberia dizer em qual direção estavam indo.

Então Kala Nag chegou ao pico da montanha e parou por um minuto. Toomai Pequeno podia ver as copas das árvores espalhadas em volta, sob a luz do luar, e a névoa branco-azulada sobre o rio. Toomai inclinou-se para a frente, olhou ao redor e sentiu que a floresta lá embaixo estava acordada, viva e superpovoada. Um morcego grande e marrom, do tipo que come frutas, passou voando por suas orelhas. Os espinhos de um porco-espinho roçaram numa moita e, na escuridão, entre as raízes das árvores, pôde ouvir um porco-do-mato cavando a terra úmida e morna e fungando enquanto cavava.

Foi então que os arbustos se fecharam sobre sua cabeça outra vez e Kala Nag começou lentamente a descer para o vale, dessa vez não mais em silêncio, mas como uma arma disparada sem controle. Suas imensas patas moviam-se com firmeza, mantendo uma distância igual a cada passada, e a pele enrugada de suas juntas produzia um ruído estranho.

A vegetação rasteira de ambos os lados rompia-se como o som de velas de navio rasgando. Os galhos que ele empurrava com o dorso voltavam à sua posição original, golpeando-lhe dos lados. Trepadeiras pendiam, enroladas, enquanto ele movia a cabeça de um lado para o outro, abrindo caminho. Então Toomai Pequeno deitou-se em seu dorso, temendo que algum galho o lançasse ao chão, e tudo o que desejou naquele momento foi estar de volta às fileiras.

A grama começou a amaciar e as patas de Kala Nag afundavam e escorregavam a cada passo, enquanto a névoa noturna do vale fazia Toomai Pequeno tremer de frio. Houve um som de mergulho e em seguida um barulho de correnteza e Kala Nag atravessou o leito do rio, cautelosamente. Acima do barulho da água, que formava redemoinhos em torno das patas do elefante, Toomai Pequeno escutou mais sons de mergulho e alguns barridos, acima e abaixo de onde estavam – grunhidos altos e zangados e a névoa acima dele parecia estar cheia de sombras que se moviam de um lado para o outro.

– Ai! – falou alto, batendo os dentes. – Os elefantes estão aqui esta noite! *Isto*, então, é a dança dos elefantes!

Kala Nag saiu da água aos saltos, soprou por sua tromba para limpá-la, e iniciou outra subida, mas dessa vez não estava sozinho e não precisava abrir caminho. Havia um caminho já traçado, com dois metros de largura na sua frente onde a grama selvagem tentava erguer-se novamente. Muitos elefantes já deviam ter passado por ali, prensando a grama sobre o chão, um pouco antes dele. Toomai Pequeno olhou para trás e viu um grande javali, com seus olhos faiscando como carvão em brasa, que acabava de surgir de dentro do rio. As árvores se fecharam outra vez, e eles continuaram, ouvindo bramidos, ruídos e o som de galhos se quebrando de todos os lados.

Finalmente Kala Nag parou entre dois troncos de árvores, bem no topo da colina. Eram parte de um círculo que se erguia em torno de uma área de milhares de metros quadrados e em todo aquele espaço, como Toomai Pequeno pôde notar, o chão fora batido, ficando duro como tijolo. Havia algumas árvores no centro da clareira, mas a casca fora raspada e a madeira branca embaixo mostrava-se brilhante e polida à luz da lua. Havia trepadeiras caindo dos galhos mais altos, e as flores grandes e brancas como cera pendiam como adormecidas, mas em todo o lugar não havia um único vestígio de verde – nada, a não ser o chão batido.

O luar tinha um brilho cinza-metálico, com exceção dos lugares onde os elefantes ficavam, e as sombras que apareciam eram pretas como tinta. Toomai Pequeno olhava, sem fôlego, com os olhos quase saltando das órbitas, e quanto mais olhava, mais e mais elefantes iam surgindo dentre as árvores.

Toomai Pequeno só sabia contar até dez, então contou várias vezes nos dedos, até perder a conta de quantos dez havia contado, e sua cabeça começou a girar. Do lado de fora ele escutava os animais esmagando a vegetação e abrindo caminho montanha acima, mas assim que entravam no círculo, moviam-se como fantasmas.

Havia machos selvagens, de presas brancas, com folhas, nozes e galhos caídos nas rugas de seus pescoços e nas dobras das orelhas. Fêmeas elefantes pesadas, com seus inquietos filhotes rosa-escuro, arrastando-se sob os seus estômagos, jovens elefantes com suas presas começando a aparecer – e com muito orgulho delas

– e velhas elefantes magras, com a pele frouxa e áspera, faces cavadas e ansiosas e trombas parecendo cascas grossas. Havia também velhos elefantes selvagens, com os ombros marcados de cicatrizes de rasgões e outros ferimentos de batalhas do passado e a sujeira da lama dos seus banhos solitários caindo dos ombros e havia ainda um com uma presa quebrada e em seu dorso o terrível desenho feito pelas garras de um tigre.

Montes de elefantes ficavam parados lado a lado ou caminhando de um lado para o outro pela grama, aos pares, ou balançando-se, sozinhos.

Toomai sabia que, enquanto estivesse no pescoço de Kala Nag, nada poderia lhe acontecer; pois mesmo na confusão de um *Keddah*, um elefante selvagem não chega com sua tromba e arranca um homem do pescoço de um elefante treinado; e esses elefantes não estavam nem pensando nos homens naquela noite. Começaram a esticar as orelhas para frente quando ouviram o som de um grilhão na floresta, mas era Pudmini, a elefanta de estimação de Petersen Sahib, com as correntes partidas, bramindo ao subir a encosta. Toomai Pequeno viu ainda um outro elefante, que ele não conhecia, com profundas marcas de cordas no dorso e no peito. Era mais um que devia ter escapado de um dos acampamentos nas montanhas em volta.

Por fim não havia nenhum barulho de elefantes se movendo pela floresta, e Kala Nag saiu de seu posto do meio das árvores e misturou-se à multidão, murmurando alguma coisa, gorgolejando, e todos os elefantes começaram a conversar em sua própria língua e a se movimentar.

Ainda deitado, Toomai Pequeno olhava para baixo e via montes daqueles dorsos largos e orelhas se agitando, trombas se levantando e olhos inquietos. Escutou o ruído de presas que se chocavam por acaso, o ruído seco de trombas entrelaçadas e o roçar incessante de ombros enormes e longas caudas. Até que uma nuvem cobriu a lua e ele sentou na escuridão; mas mesmo isso não fez parar o movimento tranquilo e contínuo daqueles animais. Ele sabia que havia elefantes em volta de Kala Nag e que não havia a mínima chance de tirá-lo dali e ele cerrou os dentes e começou a tremer. Num *Keddah* pelo menos havia a luz das tochas e a gritaria, mas ali ele estava sozinho no escuro e a única coisa que sentiu foi uma tromba se aproximar e tocá-lo no joelho.

Então, um elefante bramiu e todos eles fizeram o mesmo durante cinco ou dez terríveis segundos. O orvalho começou a cair das árvores como chuva nos dorsos invisíveis e um barulho seco começou a ser ouvido, não muito alto no princípio, e Toomai Pequeno não sabia dizer o que era, mas foi aumentando, aumentando e Kala Nag ergueu uma pata dianteira, depois a outra, e afundou com elas no chão, um, dois, um dois, num ritmo constante. Os elefantes agora estavam todos no mesmo passo e o som parecia o de um tambor na entrada de uma caverna. O orvalho escorreu das árvores até não haver mais nenhuma gota para cair, mas as batidas no chão continuavam, o chão estremecia e Toomai Pequeno tapou os ouvidos para abafar o barulho, mas aquilo tudo já era uma corrente gigantesca que corria pelo seu corpo, como centenas de pesadas patas caindo na terra nua. Mais de uma vez ele pôde perceber Kala

Nag e todos os outros mudando o passo, e o barulho então parecia o de frutas verdes sendo esmagadas umas contra as outras, mas em um ou dois minutos o bater das patas no chão começava outra vez. Uma árvore estava sendo despedaçada em algum lugar perto dele. Estendendo o braço, Toomai podia sentir sua casca, mas Kala Nag moveu-se para frente, ainda batendo as patas. Toomai não conseguiu mais saber onde estava. Não vinha mais nenhum som dos elefantes, exceto quando dois ou três filhotes bramiam juntos.

Isto deve ter durado umas duas horas e Toomai Pequeno sentia dores por todos os nervos, mas ele sabia, pelo cheiro do ar noturno, que a aurora estava chegando.

A manhã raiou como uma folha amarelada atrás das montanhas verdes, e o barulho parou com o primeiro raio de sol, como se aquela luz fosse uma ordem. Antes de Toomai Pequeno conseguir tirar o zunido de sua cabeça, antes mesmo de conseguir mudar de posição, já não havia nenhum elefante à vista, a não ser Kala Nag, Pudmini e o elefante com as marcas de corda, e não havia nem sinal nem vestígio, ou um simples sussurro morro abaixo, que indicasse para onde os outros tinham ido.

Toomai Pequeno olhava tudo fixamente. A clareira, pelo que lembrava dela, havia crescido durante a noite. Havia mais árvores no meio dela, mas a vegetação rasteira e a grama silvestre dos lados haviam sumido. Toomai Pequeno olhou mais uma vez. Agora entendia o tropel durante a noite. Os elefantes haviam aberto mais espaço, tinham transformado grama grossa e as suculentas canas em lixo, o lixo em lascas, as lascas em fibras estreitas, e as fibras foram esmagadas na terra.

– Ah! – disse Toomai Pequeno, com os olhos pesados. – Kala Nag, meu senhor, vamos acompanhar Pudmini até o acampamento de Petersen Sahib ou eu vou acabar caindo do seu pescoço.

O terceiro elefante olhou os dois indo embora, fungou um pouco, deu umas voltas e seguiu também seu caminho. Ele provavelmente pertencia ao negócio de algum pequeno rei nativo, a 150 quilômetros dali.

Duas horas mais tarde, quando Petersen Sahib estava tomando seu desjejum, os elefantes, que haviam sido presos em correntes duplas naquela noite, começaram a bramir, e Pudmini, coberta de lama até o pescoço, e Kala Nag, com a pata ferida, entraram cambaleando no acampamento.

O rosto de Toomai Pequeno estava cinza de cansaço e seu cabelo cheio de folhas e encharcado do orvalho, mas ele ainda tentou cumprimentar Petersen Sahib e falou com voz fraca: "A dança ... A dança dos elefantes! Eu vi a dança dos elefantes e... vou morrer!". E quando Kala Nag sentou, Toomai Pequeno escorregou do seu pescoço, desmaiando.

Mas como os nervos das crianças nativas não devem ser levados a sério, duas horas depois lá estava ele, deitado na rede de Sahib, bem contente, com o casaco de caça de Sahib nas costas e um copo de leite morno com conhaque e quinino na mão. E enquanto caçadores cabeludos e cheios de cicatrizes que viviam pela selva sentavam à sua frente, olhando-o como se fosse uma alma do outro mundo, ele ia contando sua história em poucas palavras, como fazem as crianças, terminando com:

– Agora, se vocês acham que eu estou mentindo, mandem seus homens procurar e eles verão que o povo elefante aumentou o seu salão de danças e vão encontrar mais e mais sinais de elefantes no caminho até lá. Eles aumentaram o lugar com as patas. Eu vi, Kala Nag me levou lá e eu vi. E Kala Nag também está com as pernas cansadas.

Toomai Pequeno recostou-se e dormiu a tarde inteira até o crepúsculo e, enquanto ele dormia, Petersen Sahib e Machua Appa seguiram a trilha dos dois elefantes por 25 quilômetros pelas montanhas. Petersen Sahib havia passado dezoito anos caçando elefantes e só uma vez havia encontrado um local de dança daqueles. Machua Appa nem precisou olhar duas vezes para a clareira ou escavar com a unha na terra compacta para entender o que havia acontecido ali.

– O menino está dizendo a verdade – disse. – Tudo isso foi feito na noite passada e eu já contei setenta rastros atravessando o rio. Veja aqui, Sahib, o grilhão de ferro de Pudmini cortou a casca da árvore. Ela também esteve aqui!

Eles olharam um para o outro e depois em volta e ficaram pensando em como os hábitos dos elefantes são difíceis de serem compreendidos pelos homens, sejam eles de que raça forem.

– Por 45 anos – disse Machua Appa –, segui meu senhor, o elefante, mas nunca ouvi sequer falar de qualquer criança que tenha visto o que esse menino viu. Por todos os deuses de todas as montanhas, isso... isso é... bem... o que é que eu posso dizer? – balançou a cabeça.

Quando voltaram para o acampamento, era hora do jantar. Petersen Sahib jantou sozinho, em sua tenda, mas deu ordens para que fossem abatidos dois carneiros e algumas aves, e também que trouxessem dupla porção de farinha, arroz e sal, porque sabia que haveria uma festa.

Toomai Grande viera correndo do acampamento pelas planícies procurar pelo filho e seu elefante e agora que os tinha encontrado olhava-os como se temesse a ambos. E houve mesmo uma festa perto das fogueiras em frente às fileiras de elefantes, e Toomai Pequeno era o herói ali. Os captores de elefantes grandes e morenos, os rastreadores, condutores e os amarradores, os homens que conhecem todos os segredos para domar mesmo os elefantes mais selvagens, passavam-no de um para o outro e marcavam sua testa com sangue do peito de um galo selvagem recém-abatido, para mostrar que agora ele era um homem da floresta, um iniciado, livre para andar por toda a selva.

E, por fim, quando todas as chamas morreram e a luz vermelha dos tições fez com que os elefantes parecessem estar também banhados em sangue, Machua Appa, o líder de todos os condutores de todos os *Keddahs,* Machua Appa, o outro eu de Petersen Sahib, que nunca havia visto uma estrada construída em quarenta anos; Machua Appa, que era tão grande que não podia ter outro nome além desse, levantou-se, erguendo Toomai Pequeno no ar, acima de sua cabeça, e gritou:

– Escutem, meus irmãos. Escutem também vocês, senhores das fileiras, porque eu, Machua Appa, estou falando! Este menino não mais poderá se chamar Toomai Pequeno. Seu nome será Toomai dos Elefantes, como se chamou seu bisavô. Ele viu o que nenhum outro homem viu durante a noite e a proteção do povo elefante e dos deuses das selvas estarão sempre com ele. Ele se tornará um grande rastreador, se tornará maior do que eu, até mesmo do que eu – Machua Appa! Deve seguir a trilha nova, assim como as trilhas apagadas e confusas, com seus olhos firmes. Não correrá nenhum perigo no *Keddah*, quando deslizar sob as barrigas para amarrar os dentuços selvagens. E se escorregar e ficar sob as patas de um elefante brigão, ele o reconhecerá e não o esmagará. Aihai! Meus senhores acorrentados – e Machua Appa caminhou em direção à fileira de estacas. – Aqui está o pequeno que conseguiu ver sua dança em seus esconderijos. A visão que nenhum outro homem teve! Honrem-no, meus senhores! Salaam Karo, meus filhos! Saúdem Toomai dos Elefantes! Gunga Pershad, ahaa! Hira Guj, Birchi Guj, Kuttar Guj, ahao! Vocês o viram lá, assistindo à dança! Você também, Kala Nag, pérola dos elefantes! Ahaa! Todos juntos! A Toomai dos Elefantes! Barrao!

E ao último chamado selvagem todos levantaram as trombas até que as pontas tocassem nas testas e irromperam numa saudação cheia, um bramido tão forte que só o vice-rei da Índia recebia – o *Salaam-ut* do *Keddah*.

Mas tudo isso era para Toomai Pequeno, que vira o que nenhum homem tinha visto antes – a dança dos elefantes durante a noite, sozinho no coração das montanhas Garo!

Shiva e o gafanhoto

(A canção que a mãe de Toomai cantava
para o bebê)

Shiva, que trouxe a colheita e fez os ventos soprarem,
Sentado na entrada de um dia, num tempo distante,
Deu a cada um sua porção, sua comida, seu destino,
 seu trabalho,
Do rei em seu palácio, até o mendigo no portão.
 Tudo ele fez – Shiva, o que preserva.
 Mahadeo! Mahadeo! Tudo ele fez
 Espinho para o camelo, grama para o gado
 E o coração da mãe para uma cabecinha
 sonolenta, oh, meu filhinho.

O trigo ele deu para os ricos, milho para os pobres
Migalhas para os mendigos,
Gado para o tigre, carniça para o abutre,
E trapos e ossos para os lobos feridos sem proteção.
A ninguém ele ignora,
Parbati, ao lado dele, a todos viu ir e vir
Pensou em engajar seu marido, fazendo Shiva de bobo
Roubou o pequeno gafanhoto e o escondeu no peito.
 Assim ele trapaceou, Shiva, o preservador
 Mahadeo! Mahadeo! Venha ver.
 Grandes são os camelos, pesados são os
 filhos da vaca.
 Mas essa era a menor de todas as criaturas
 pequenas, meu filhinho!

Quando tudo terminou, ela perguntou, rindo:
– Mestre, entre um milhão de bocas uma está com fome?
Rindo, Shiva respondeu:
– Todos eles foram alimentados.
Até ele, o pequeno ser, escondido no seu coração.
De seu peito, Parbati, a ladra
Viu a menor de todas as Coisas Minúsculas
Comendo uma folha novinha.
Viu e temeu a Shiva,
Que havia alimentado todos os seres vivos

Tudo ele fez – Shiva, o que Preserva
Mahadeo! Mahadeo! Tudo ele fez!
Espinho para o camelo, grama para o gado
E o coração de mãe para uma cabecinha
sonolenta, oh, meu filhinho!

Os servos de sua majestade

Você pode usar frações ou fazer até regra de três,
Mas nunca vai encontrar duas criaturas iguais.
Você pode mexer, dobrar, virar do avesso
E o que parece igual, vai se mostrar diferente.

Não tinha parado de chover o mês inteiro em um acampamento de trinta mil homens, milhares de camelos, cavalos, elefantes, bois e mulas, todos reunidos em um lugar chamado Rawalpindi, onde o vice-rei da Índia iria inspecionar. Ele estava recebendo a visita do emir do Afeganistão – um rei arredio de um país pouco civilizado –, e o emir trouxera consigo uma segurança de oitocentos homens e cavalos que nunca haviam visto um acampamento ou uma locomotiva em todas as suas vidas, homens selvagens e cavalos selvagens de um lugar qualquer na Ásia Central. Todas as noites uma horda desses cavalos arrebentava as cordas que prendiam suas patas traseiras e saía pelos campos correndo na lama, no escuro. Ou então os camelos fugiam e, correndo, acabavam caindo sobre as barracas e vocês podem imaginar como isso não era agradável para aqueles homens que tentavam dormir. Minha tenda ficava bem longe do lugar onde ficavam os camelos, e eu pensei que fosse um lugar seguro, mas uma noite, um homem enfiou a cabeça dentro dela e gritou:

– Saia daí, depressa! Eles vêm vindo! Já derrubaram a minha barraca!

Eu sabia quem eram eles, então calcei minhas botas, vesti o impermeável e saí correndo. Vixen, meu pequeno *fox-terrier,* saiu pelo outro lado e logo começou uma gritaria e uma confusão e eu só vi minha tenda desmoronar e dançar como se fosse um fantasma enlouquecido quando o mastro quebrou. Um camelo havia se enredado nela e mesmo molhado e irritado como eu estava não conseguia deixar de rir vendo aquilo. Saí correndo dali, porque não sabia quantos camelos haviam se soltado, e em seguida eu estava bem longe, abrindo caminho através da lama.

Por fim, acabei batendo na boca de um canhão e desse modo fiquei sabendo que estava em algum lugar próximo às linhas de artilharia, onde ficavam os canhões durante a noite. Como eu não tinha a mínima vontade de ficar perambulando na escuridão, coloquei meu impermeável num canhão e fiz uma espécie de barraca com dois ou três bastões que encontrei por ali, e deitei ao longo do cano de outro canhão, tentando imaginar onde poderia estar Vixen e que lugar seria aquele onde eu me encontrava.

Quando estava quase pegando no sono, ouvi um tilintar de arreios e um grunhido, e uma mula passou por mim sacudindo as orelhas molhadas. A mula pertencia a uma bateria de canhões desmontáveis, pois pude ouvir o barulho de correias, anéis e correntes e outros objetos em sua sela. Esses canhões são desmontáveis e pequenos, feitos de duas partes que são aparafusadas na hora de usar. São transportados para as montanhas, por lugares onde só uma mula pode passar, e são muito úteis nas batalhas em regiões rochosas.

Atrás da mula vinha um camelo com grandes patas fofas escorregando na lama e o pescoço balançando para tudo que é lado, como uma galinha desgarrada. Felizmente, eu conhecia o suficiente da linguagem dos animais – não animais selvagens, mas animais do acampamento, lógico – e dos nativos, para saber o que ele estava querendo dizer. Aquele camelo devia ser o mesmo que caíra dentro da minha barraca, pois perguntou à mula:

– O que devo fazer? Onde devo ir? Lutei com uma coisa branca que balançava e ela tinha um bastão e me bateu no pescoço. (Era a haste quebrada de minha barraca, o que me deixou muito feliz.) Devemos continuar correndo?

– Oh! Era você! – disse a mula –, você e seus amigos que estavam fazendo bagunça no acampamento? Muito bem! Você vai ser castigado por isso, de manhã, mas posso já ir adiantando o serviço agora mesmo.

Ouvi a sineta tilintar enquanto a mula recuava e dava dois coices no camelo, que soaram como um tambor.

– Da próxima vez vocês vão pensar duas vezes antes de correr atrás de um grupo de mulas de noite, gritando "Pega ladrão! Fogo!". Sente e mantenha esse pescoço idiota parado.

O camelo dobrou-se, como fazem os camelos, como uma régua dobrável, e sentou-se soluçando. Ouviu-se uma batida regular de cascos na escuridão e uma enorme tropa de cavalos alinhou-se como se estivesse em uma parada, soltou o reboque de um canhão e aterrissou perto da mula.

– É vergonhoso! – disse o cavalo, soprando pelas narinas. – Esses camelos fizeram a maior bagunça nas nossas fileiras outra vez – a terceira vez esta semana. Como é que um cavalo pode manter a forma se não deixam ele dormir? Quem é você?

– Sou a companheira de parelha da mula número dois da Primeira Bateria de canhões desmontáveis – respondeu a mula –, e o outro aqui é um dos seus amigos. Ele também me acordou. Quem é você?

– Número quinze, Tropa E, Nonos Lanceiros – o cavalo de Dick Cunliffe. Chegue mais perto, aqui!

– Oh, desculpe – disse a mula. – Está escuro demais para enxergar direito. Você não acha esses camelos uns inúteis? Eu vim do meu acampamento até aqui atrás de um pouco de paz e sossego.

– Meus senhores – disse o camelo, humildemente. – Nós tivemos pesadelos durante a noite, e ficamos com muito medo. Eu sou apenas um camelo-carregador da 39ª Infantaria Nativa e não sou tão corajoso quanto vocês, meus senhores.

– Então, por que cargas d'água você não ficou carregando bagagens para a 39ª Infantaria Nativa em vez de ficar andando pelo acampamento? – perguntou a mula.

– Foram pesadelos horríveis – disse o camelo. – Sinto muito. Escutem! O que foi isso? Será que devemos continuar correndo?

– Sente-se – disse a mula –, ou você vai acabar esbarrando suas longas pernas nos canhões. – Ela virou as orelhas para ouvir. – São bois! – disse.

– Bois puxadores de canhões. Viu só? Você e seus amigos acordaram o acampamento inteiro. E é preciso uma enorme de uma algazarra para acordar um boi de artilharia.

Nisso escutei o barulho de uma corrente arrastando pelo chão e uma junta de bois brancos enormes, caminhando pesadamente. Quando os elefantes não querem se aproximar da linha de fogo, são esses bois que trazem a peça de artilharia mais pesada. E junto vinha uma mula quase tropeçando na corrente chamando aos gritos por "Billy".

– É um dos nossos recrutas – disse a velha mula para o cavalo da tropa –, está me chamando.

– Ei, jovem, pare de gritar. A escuridão até hoje não feriu ninguém.

Os bois deitaram-se juntos e começaram a mastigar as ervas do chão, mas a jovem mula aproximou-se de Billy.

– Tenho coisas para lhe contar! – disse. – Coisas horríveis e assustadoras, Billy! Eles vieram ao nosso acampamento enquanto estávamos dormindo. Você acha que vão nos matar?

– Estou morrendo de vontade de lhe dar um coice daqueles! – respondeu Billy. – Nunca pensei que uma mula de um metro e meio, com o treinamento que você teve, pudesse envergonhar o grupo perante esse cavalheiro!

– Cavalheiro! Cavalheiro! – disse o cavalo. – Não esqueça que eles são assim no início. A primeira vez que eu vi um homem (isso foi na Austrália, quando eu tinha três anos) corri quase um dia inteiro e, se eu tivesse visto um camelo, estaria correndo até agora. Quase todos os cavalos da cavalaria inglesa na Índia são trazidos da Austrália e são domados pelos próprios cavaleiros.

– Isso é verdade – disse Billy. – Pare de tremer, meu jovem. A primeira vez que puseram os arreios completos, com todas as correntes nas minhas costas, eu me apoiei nas pernas dianteiras e dei coices sem parar. Eu ainda não havia aprendido a verdadeira arte de escoicear, porém, o grupo todo disse que nunca tinha visto nada igual.

– Mas agora não eram arreios, ou qualquer coisa dessas que tilintam – disse a jovem mula.

– Você sabe que eu não me importo com isso agora, Billy. Eram coisas parecidas com árvores e tombavam de um lado para outro do acampamento, fazendo um ruído estranho, e meu cabresto quebrou e eu me perdi do meu condutor e de você. Então, bati em retirada junto com esses cavalheiros.

– Hum... – disse Billy. – Assim que ouvi falar que os camelos estavam soltos, afastei-me por minha conta, em silêncio. Mas quando uma mula de bateria, quer dizer, de canhão desmontável, chama bois de artilharia de cavalheiros é porque está completamente perturbada! Quem são seus companheiros?

Os bois de artilharia ruminaram um pouco e responderam juntos:

– A sétima atrelagem da primeira peça da Bateria de Artilharia pesada. Estávamos dormindo quando os camelos chegaram, mas, quando fomos pisoteados, levantamos e abandonamos o posto. É melhor dormir tranquilamente na lama do que ser perturbado em uma boa cama. Dissemos ao seu amigo que não havia nada a temer, mas ele não pensava assim.

E continuaram a ruminar.

– É o que acontece quando se tem medo! – disse Billy. – Todos os bois de artilharia estão rindo de você... Gostou dessa?

Os dentes da jovem mula morderam o ar e eu a escutei dizendo alguma coisa sobre não se intimidar por nenhum filé de gado velho desse mundo, mas os bois apenas trocaram uma leve batida de chifres e continuaram mastigando.

– Não adianta ficar zangada depois de ter ficado com medo. Esse é o pior tipo de covardia – disse o cavalo da tropa. – E na minha opinião qualquer um deve ser perdoado por ter ficado com medo de noite, quando vê coisas que não entende. Já perdemos as nossas estacas tantas vezes, 450 de nós, só porque um novo recruta resolveu contar histórias de serpentes, na Austrália, e entramos em pânico ao ver uma ponta solta dos nossos cabrestos.

– Tudo bem, enquanto for num acampamento – disse Billy. – Eu mesmo não estou livre de uma debandada, pela diversão em si, ainda mais quando passei um ou dois dias sem sair. Mas e se fosse durante o serviço?

– Bem, mas isso já é outra coisa – disse o cavalo. – Dick Cunliffe está nas minhas costas, apertando os meus flancos com os joelhos e tudo o que eu posso fazer é prestar atenção onde estou pisando, manter minhas patas traseiras bem embaixo do meu corpo e seguir o bridão.

– O que significa seguir o bridão? – perguntou a jovem mula.

– Pelos cangurus azuis! – debochou o cavalo. – Quer dizer que nunca lhe ensinaram a seguir o bridão no seu trabalho? Como pode fazer qualquer coisa se não virar o focinho assim que o sentir comprimindo o pescoço? Isso pode significar vida ou morte para o seu amo... e para você também. Faça uma meia-volta com as pernas traseiras sempre que sentir as rédeas no pescoço. Se não der para virar, dê ré um pouco e gire com as pernas traseiras. Isso é seguir o bridão.

– Nós não fomos ensinados assim! – disse Billy rigidamente. – Aprendemos a obedecer ao homem que nos conduz. Sabemos parar e seguir quando ele nos manda. Acho que dá no mesmo. Agora com todas essas manobras e marcha a ré, que devem fazer muito mal aos joelhos, como é que você faz?

– Isso depende – disse o cavalo. – Geralmente eu tenho que entrar em meio à gritaria, homens cabeludos com facas – facas longas e brilhantes – piores do que as facas dos ferreiros e tenho que cuidar para que as botas de Dick apenas toquem a bota de quem estiver em frente, sem bater nelas. Se posso ver Dick movendo-se à direita do meu olho direito, sei que estou seguro. Não tenho que me preocupar com o homem ou o cavalo que parou em nossa frente quando estávamos com pressa.

– E as facas não machucam? – perguntou a mula jovem.

– Bem, uma vez me cortaram no peito, mas não foi culpa de Dick.

– Pouco me importa saber de quem é a culpa depois de ter sido ferida – disse a jovem.

– Mas você deve saber! Se você não confia no seu cavaleiro, deve ir embora de uma vez. Isto é o que muitos dos nossos fazem e eu não os condeno por isso. Como eu ia dizendo, a culpa não foi de Dick. O homem estava caído no chão, eu me estiquei para não pisoteá-lo e ele me cortou por baixo. Da próxima vez em que eu passar por um homem caído no chão, vou pisar nele bem forte.

– Hmm... – fez Billy. – Isso me parece bobagem. As facas são objetos traiçoeiros, sempre. A coisa certa a ser feita é subir uma montanha com a sela equilibrada, firme nos quatro pés, ficar com os ouvidos atentos, avançar lentamente e proteger-se, até atingir trinta metros acima de qualquer outra criatura por uma estrada onde caibam somente os seus cascos. Nesse momento você pode parar tranquilo e ficar quieto – nunca peça a um homem para segurar a sua cabeça –, fique quieto enquanto os canhões que você transportou estiverem sendo preparados e observe as pequenas conchas de papoulas caírem no cimo das árvores, bem lá embaixo.

– Você nunca tropeça? – perguntou o cavalo.

– Dizem que é mais fácil uma mula sair voando do que tropeçar – disse Billy. – Pode acontecer de uma sela mal colocada fazer a mula perder o equilíbrio, mas isso é muito raro. Gostaria de poder lhe mostrar o nosso trabalho. É bonito, sabe?

– Bem, eu levei três anos para descobrir onde os homens queriam chegar. O segredo é nunca aparecer demais, pois, se você fizer isso, pode se dar muito mal. Lembre-se disso, meu jovem. Seja sempre discreto sobre os seus planos, mesmo que precise desviar-se uns quilômetros do seu caminho. É assim que eu faço.

– Ser atingido sem ter a chance de lançar-se contra aqueles que estão atirando em você! – disse o cavalo, refletindo. – Eu não suportaria isso. Numa situação assim, eu gostaria de atacar com Dick.

– Oh, não... você não conseguiria. Você sabe que, assim que as armas estão em posição, eles é que atacam? É científico! Mas com as facas...

O camelo carregador já balançava a cabeça para frente e para trás há algum tempo, louco para entrar na conversa. Foi então que eu o ouvi dizer, limpando a garganta nervosamente:

– Eu... eu... lutei um pouquinho mas nunca subindo nem correndo como vocês...

– É mesmo? – interrompeu Billy. – Bem, já que você tocou no assunto, realmente, você não parece ter sido feito para subir, nem para correr. Que tal nos contar como foi sua batalha, hein, seu resto de feno velho?

– Do jeito que deve ser – disse o camelo. – Nós todos sentamos...

– Pelo amor de Deus – disse o cavalo baixinho. – Sentaram?

– Sim, nós sentamos. Éramos uns cem – continuou o camelo. – Foi numa praça... os homens empilharam pacotes e selas em volta da praça e depois fizeram fogo debruçados em nossas costas. Eles fizeram isso.

– Que tipo de homem? Qualquer homem? Eles nos ensinam na escola de montaria a deitar e deixar nossos senhores atirarem sobre nós, mas Dick Cunliffe é o único homem em quem eu confiaria para fazer isso. Eu sinto cócegas e, além disso, não consigo enxergar com a cabeça no chão.

– Que diferença faz quem é que atira? – perguntou o camelo. – Há milhares de homens e de camelos por perto e nuvens e nuvens de fumaça. Eu não sinto medo. Fico quieto, esperando.

– Ainda assim – disse Billy –, você tem pesadelos e perturba o acampamento durante a noite. Bem, bem... antes de me deitar – para não dizer sentar – e deixar que um homem me use de escudo desse jeito, meus calcanhares e a cabeça dele teriam que ter uma conversinha. Vocês já ouviram alguma coisa mais terrível do que essa?

Houve um longo silêncio e então um dos bois de artilharia levantou sua enorme cabeça e disse:

– Isso é uma idiotice, na verdade. Existe apenas uma maneira de lutar.

– Oh, continue – pediu Billy. – Por favor, não se preocupe comigo. Imagino que vocês lutem sobre as suas caudas, não?

– Somente uma maneira – disseram os dois bois ao mesmo tempo (deviam ser gêmeos). – É desse jeito: atrelando vinte pares dos nossos ao Grande Canhão logo que o Duas Caudas lança seu bramido.

Duas Caudas era o apelido do elefante no acampamento.

– Para que serve o bramido do Duas Caudas? – perguntou a jovem mula.

– Para mostrar que ele não está disposto a chegar mais perto da linha de fogo. Duas Caudas é um covarde, isso sim. Então nós puxamos o grande canhão, todos juntos... Heya – Hullah! Heeyah! Hullah! Não subimos como gatos, nem corremos como cervos. Seguimos pela planície, vinte de nós, até sermos pares outra vez. Daí, então, pastamos, enquanto o canhão cospe através da planície em alguma cidade com paredes de barro. Então pedaços de parede caem e a poeira sobe, como se uma manada de gado estivesse voltando para casa.

– Oh! E você escolhe essa hora para pastar, não é? – perguntou a jovem mula.

– Essa hora ou qualquer outra. Comer é sempre bom. Comemos até voltarmos a ser pares outra vez e arrastarmos o canhão de volta para onde Duas Caudas está esperando. Às vezes também há grandes canhões na cidade e alguns de nós são mortos e sobra mais pastagem para os que sobram. É o Destino – apenas o Destino. Além do mais, Duas Caudas é um grande covarde. Esse é o jeito de lutar. Descendemos de Hapur. Nosso pai foi um boi sagrado de Shiva. É isso!

– Bem, eu certamente aprendi alguma coisa essa noite – disse o cavalo da tropa. – Vocês, cavalheiros da bateria desmontável, têm vontade de comer quando estão sendo atacados por canhões e Duas Caudas está atrás de vocês?

– Tanto quanto gostamos de sentar e deixar que homens nos usem como escudo, ou tanto quanto adoramos galopar entre facas afiadas. Nunca ouvi nada parecido. Uma reborda de montanha, uma carga bem equilibrada, um condutor em quem se possa confiar e que nos deixe escolher o caminho e eu aceito ser sua mula. Mas quanto ao resto... não contem comigo! – disse Billy, pisoteando o chão.

– É claro – disse o cavalo. – Nem todos têm a mesma capacidade e eu posso ver que sua família, por parte de pai, não teria condições de entender muitas coisas.

– A minha família por parte de pai não é da sua conta – disse Billy, zangado, pois toda mula odeia que lhe lembrem que seu pai era um burro. – Meu pai foi um cavalheiro sulista e era capaz de derrubar, morder, dar coices, transformando em farrapos qualquer cavalo que lhe atravessasse o caminho. Lembre-se sempre disso, seu Brumby marrom!

Brumby quer dizer cavalo selvagem, sem *pedigree*. Imagine o que sentiria um puro-sangue se um cavalo de carga o chamasse de cavalo velho e você entenderá como foi que o cavalo australiano se sentiu. Eu pude ver o branco dos seus olhos brilhar no escuro.

– Escute aqui, seu filho de um asno importado de Málaga – respondeu entredentes. – Eu gostaria que você soubesse do meu parentesco, por parte de mãe, com Carbine, vencedor da Copa Melbourne, e de onde eu venho não estamos acostumados a levar coices de uma mula qualquer com língua de papagaio e cabeça de porco, servindo numa bateria de soldados covardes e artilharia enferrujada. Vocês estão prontos?

– Sobre as patas traseiras – gritou Billy.

Ambos recuaram encarando-se e eu estava esperando uma luta furiosa, quando uma voz borbulhante e estrondosa ressoou na escuridão à direita.

– Crianças, que briga é essa aí? Quietas!

Os dois animais caíram bufando, com raiva, pois nem os cavalos nem as mulas suportam ouvir a voz de um elefante.

– É o Duas Caudas – disse o cavalo.

– Não suporto Duas Caudas. Uma cauda em cada ponta não é justo!

– É exatamente o que eu acho! – disse Billy, aproximando-se do cavalo.

– Em algumas coisas somos bem parecidos.

– Acho que herdamos isso de nossas mães – disse o cavalo. – Não vale a pena ficar discutindo. Ei, Duas Caudas! Você está amarrado?

– Sim! – respondeu o elefante, sacudindo-se de tanto rir. – Puseram-me numa cerca de estacas esta noite. Eu ouvi o que vocês estavam dizendo, mas não tenham medo, não vou chegar perto!

Os bois e o camelo disseram baixinho:

– Medo de Duas Caudas! Essa é boa!

E os bois continuaram:

– Sentimos muito que você tenha escutado, mas é a verdade. Duas Caudas, por que você tem medo dos canhões quando estão atirando?

– Bem... – disse Duas Caudas, esfregando uma perna traseira na outra, como um garotinho recitando uma poesia. – Não sei se vocês me entendem.

– Não entendemos, mas mesmo assim temos que puxar os canhões, disseram os bois.

– Eu sei disso e sei também que vocês são muito mais corajosos do que pensam. Mas comigo é diferente. Meu capitão de bateria me chamou um dia desses de Anacronismo Paquidérmico.

– Bem, eu suponho que essa seja uma outra forma de lutar, não? – perguntou Billy, animando-se outra vez.

– Você não sabe o que quer dizer isso, mas eu sei. Isso significa nem uma coisa nem outra. E é exatamente o que eu sou. Posso ver dentro de minha cabeça o que acontece quando uma granada explode: vocês não.

– Eu posso – disse o cavalo. – Pelo menos um pouquinho. Mas eu tento não pensar muito nisso.

– Mas eu posso ver mais do que vocês e eu penso nisso. Eu sei que tenho que me cuidar muito e sei que ninguém sabe me curar quando eu fico doente. Tudo o que fazem é suspender o pagamento do meu condutor até que eu fique bom, e eu não posso confiar nele.

– Ah! – disse o cavalo. – Isso explica tudo. Eu confio no Dick.

– Você poderia colocar um regimento inteiro de Dick nas minhas costas e não me faria sentir melhor. Conheço o suficiente para me sentir desconfortável e não o suficiente para prosseguir, apesar disso.

– Não entendemos – disseram os bois.

– Eu sei disso. Não estou falando com vocês. Vocês não sabem o que é sangue.

– Sabemos, sim! – disseram os bois.

– É uma coisa vermelha que encharca o chão e cheira mal.

O cavalo deu um coice, um salto e bufou.

– Nem me fale – disse. – Posso sentir o cheiro aqui, só de pensar. Isso me dá vontade de sair correndo, quando Dick não está montado em mim.

– Mas não tem sangue aqui! – disseram o camelo e os bois. – Como você pode ser tão idiota?

– É uma coisa repulsiva – disse Billy. – Não quero correr, mas não quero falar sobre isso.

– Aí estão vocês! – disse Duas Caudas, balançando a cauda para explicar.

– Claro. Nós estávamos aqui a noite toda – disseram os bois.

Duas Caudas agitou o pé até o anel de ferro tinir.

– Oh, não estou falando com *vocês*! Vocês não veem nem o que está dentro da cabeça de vocês!

– Não. Nós só vemos o que está do lado de fora – disseram os bois. – Só vemos o que está bem na nossa frente.

– Se eu pudesse fazer só isso e nada mais, vocês não seriam necessários para puxar os grandes canhões. Se eu fosse como o meu capitão – ele consegue ver dentro da cabeça antes de o jogo começar e ele sacode-se todo, mas sabe coisas demais para fugir –, se eu fosse como ele, poderia puxar os canhões. Mas se eu fosse tão inteligente assim, não estaria aqui. Seria um rei da floresta, como já fui, dormindo metade do dia e me banhando quando bem entendesse. Há um mês que não sei o que é um bom banho.

– Tudo bem – disse Billy. – Mas dar um nome pomposo a uma coisa não a faz melhor.

– Shhh – fez o cavalo. – Acho que entendo o que Duas Caudas quer dizer.

– Você vai entender ainda melhor logo, logo – falou Duas Caudas, irritado. – Só quero que você me explique agora por que é que não gosta disso!

E começou a trombetear furiosamente.

– Pare com isso! – falaram Billy e o cavalo ao mesmo tempo. Eu pude ouvir que eles batiam com os pés no chão e tremiam. – O bramido de um elefante é sempre irritante, principalmente numa noite escura.

– Não vou parar – disse Duas Caudas. – Por favor, explique isso melhor! Hhrrnph! Rrrt! Rrrrmph! Rrrhha!

– E parou de repente e eu escutei um leve soluço no escuro e percebi que Vixen finalmente me encontrara. Ela sabia tanto quanto eu que se há uma coisa no mundo que o elefante teme mais do que um outro elefante é o latido de um cãozinho, e assim pôs-se a ganir em volta de suas enormes patas. Duas Caudas arrastava os pés e guinchava.

– Vá embora, cãozinho! – dizia. – Pare de farejar meus calcanhares ou vai levar um coice. Cãozinho querido – doce cãozinho! Vá para casa, sua ferinha que late! Oh, por que é que ninguém o tira daqui? Ele vai acabar me mordendo.

– Tenho a impressão – disse Billy – de que o nosso amigo Duas Caudas tem medo de muitas coisas. Eu, se ganhasse uma refeição completa por cada cão que mandei pelos ares com um coice, seria quase tão gordo quanto Duas Caudas.

Assobiei e Vixen correu para mim, cheia de lama, lambeu meu nariz e me contou uma longa história sobre ter me caçado por todo o acampamento. Eu nunca dei demonstrações de que entendia a língua dos animais para que ela não tomasse muitas liberdades. Assim, coloquei-a debaixo do meu sobretudo e deixei Duas Caudas arrastando os pés e grunhindo sozinho.

– Extraordinário! Incrivelmente extraordinário! – ele disse. – É de família! Onde é que foi parar aquela ferinha nojenta?

E pude ouvi-lo farejando em volta com sua tromba.

– Parece que nós todos temos nossas fraquezas – continuava ele. – Agora são vocês, cavalheiros, que estão assustados com a minha tromba!

– Não assustado, exatamente – disse o cavalo. Mas tive a sensação de ter vespas no lugar da minha sela. Não faça isso de novo.

– Eu com medo de um cachorrinho e o camelo aqui assustado por pesadelos durante a noite.

– É uma sorte nossa que a gente não tenha que lutar da mesma maneira, todos – disse o cavalo.

– O que eu gostaria de saber – disse a jovem mula, que tinha ficado quieta um tempão – o que eu gostaria mesmo de saber é por que, afinal, nós somos obrigados a lutar.

– Porque nos mandam – disse o cavalo, com desdém.

– Ordens! – disse Billy, a mula, batendo os dentes.

– Hukm hai! (isto é uma ordem), disse o camelo, gorgolejando, e Duas Caudas e os bois repetiram:

– Hukm hai!

– Sim, mas quem dá as ordens? – perguntou a mula-recruta.

– O homem que anda sobre a sua cabeça, ou senta nas suas costas, ou segura o seu cabresto, ou que torce a sua cauda – falaram Billy, o cavalo, o camelo e os bois, um depois do outro.

– Mas quem dá ordens a ele?

– Bem, agora você está querendo saber demais, meu jovem – respondeu Billy – e essa é uma maneira de acabar levando coices. Tudo o que você tem que fazer é obedecer o homem que comanda sua cabeça e não fazer perguntas.

– Ele está certo – disse Duas Caudas. – Eu nem sempre consigo obedecer, pois estou sempre entre um e outro, mas Billy tem toda razão. Obedeça o homem ao seu lado que está dando as ordens, ou você vai parar toda a bateria, além de levar umas chicotadas.

Os bois de artilharia levantaram-se para ir embora.

– Está amanhecendo – disseram. – Vamos voltar para nossas bases. É bem verdade que só enxergamos o que podemos ver do lado de fora e não somos lá muito espertos, mas, ainda assim, somos os únicos aqui que não ficamos com medo de nada esta noite. Boa noite, povo corajoso!

Ninguém respondeu nada, e o cavalo perguntou, para mudar de assunto:

– Onde está aquele cãozinho? Um cão por perto significa um homem em algum lugar próximo.

– Estou aqui – ganiu Vixen, embaixo do canhão com meu dono. – Você, sua besta, seu camelo idiota, você derrubou nossa tenda. Meu dono está muito zangado.

– Hmm... Deve ser um homem branco – disseram os bois.

– Claro que é – disse Vixen. – Você acha que eu teria algum preto condutor de bois para tomar conta de mim?

– Huah! Quach! Ush! – fizeram os bois. – Vamos sair fora daqui, rápido!

E mergulharam na lama e deram um jeito de arrastarem a canga até alcançar um vagão de munição, onde ela acabou se enroscando.

– Agora foram vocês – disse Billy, calmamente. – Não adianta reclamar. Vocês estão presos aí até de manhã. Qual é o problema, afinal de contas?

Os bois começaram a dar roncos e silvos como fazem os gados na Índia e empurraram e espremeram e quase caíram na lama, grunhindo selvagemente.

– Vocês vão acabar quebrando o pescoço – disse o cavalo. – O que há de errado com os homens brancos? Eu convivo bem com eles.

– Eles... nos comem... Puxem! – disse o boi mais próximo; a canga se soltou com um ruído seco e os bois caíram todos juntos.

Eu até então nunca havia entendido o que é que fazia o gado da Índia ter tanto medo dos ingleses: nós comemos carne, coisa que nenhum condutor de gado pensaria em fazer, e é claro que eles não podem gostar disso.

– Que eu seja açoitado com meus próprios arreios! Quem teria imaginado dois trambolhos daquele tamanho perdendo a cabeça? – disse Billy.

– Não se preocupe. Vou olhar bem para esse homem. A maioria dos homens brancos, eu sei disso, leva coisas nos bolsos – disse o cavalo.

– Não conte comigo! Eu não sou exatamente um apreciador dessa raça. Além disso, homens brancos que não têm onde dormir têm tudo para serem ladrões e eu estou carregando bens do governador comigo. Venha comigo, meu jovem. Vamos voltar para o acampamento. Boa noite, Austrália! Nos veremos na parada amanhã, suponho. Boa noite, velha trouxa de feno! E tente controlar suas emoções, hein? Boa noite, Duas Caudas! Se você passar por nós amanhã, não trombeteie! Isso pode estragar o desfile!

Billy, a mula, afastou-se no trote característico da campanha, enquanto a cabeça do cavalo veio aninhando-se no meu peito e eu dei-lhe biscoitos. Vixen, que é uma cadela muito convencida, começou a contar-lhe vantagens sobre inúmeros cavalos que tivemos conosco.

– Estarei no desfile de amanhã, no meu carrinho – disse Vixen. – E você, onde vai estar?

– Na mão esquerda do segundo esquadrão. Eu marco o tempo para toda a tropa, senhorita! – disse ele, com delicadeza. – Agora tenho que voltar para o Dick. Minha cauda está cheia de lama e ele vai precisar de umas duas horas para me vestir para a parada.

O grande desfile de todos os trinta mil homens aconteceu naquela tarde e Vixen e eu ficamos em um ótimo lugar perto do vice-rei e do emir do Afeganistão, com seu alto e grande chapéu de astrakan preto, com a enorme estrela de diamante no meio. A primeira parte do desfile foi sob sol intenso e os regimentos passaram erguendo suas pernas bem alto, todos ao mesmo tempo, e as armas todas alinhadas, até que nossos olhos começaram a tontear. Em seguida veio a cavalaria, para o belíssimo meio-galope, e Vixen logo empinou as orelhas lá do carrinho dos cães.

O segundo esquadrão dos lanceiros passou rápido, e lá estava o cavalo nosso amigo, com sua cauda brilhando como seda, a cabeça encostada no peito, uma orelha na frente, a outra atrás, marcando o tempo para todo o esquadrão, as pernas girando suavemente, como se dançasse uma valsa. Então vieram os canhões e pude ver Duas Caudas e dois outros elefantes atrelados e alinhados a um canhão capaz de disparar projéteis de oitenta quilos, com vinte parelhas de bois atrás. O sétimo par tinha uma cauda nova e parecia cansado e tenso. Por último vieram os canhões desmontáveis e

Billy, a mula, conduzia-se como se comandasse todos os batalhões, com seus arreios tão polidos e cheios de óleo que brilhava. Eu aplaudi Billy, a mula, quando passou, mas ela não olhou para os lados.

A chuva começou a cair outra vez e durante um momento tudo ficou enevoado demais para se poder ver o que as tropas estavam fazendo. Eles fizeram um imenso semicírculo através da planície e foram se espalhando até formar uma fila. A fila foi crescendo até alcançar um quilômetro e meio de ponta a ponta, uma sólida parede de homens, cavalos e canhões. De repente vieram direto sobre o vice-rei e o emir e, à medida que se aproximavam, o chão começou a tremer, como o convés de um navio quando os motores estão a todo vapor.

A menos que você já tenha estado lá, não conseguirá imaginar o efeito assustador que esse avanço das tropas tem sobre o espectador, mesmo quando se sabe que se trata apenas de um espetáculo. Olhei para o emir. Até aquele momento ele ainda não tinha dado a menor demonstração de surpresa ou qualquer coisa assim, mas naquela hora seus olhos começaram a crescer, a crescer até que pegou as rédeas do pescoço do seu cavalo e olhou atrás dele. Por um minuto, teve-se a impressão de que ia retirar a espada e abrir caminho entre homens e mulheres inglesas nas carruagens, atrás. Então as tropas pararam, o solo aquietou-se, toda a fileira fez uma saudação e trinta mãos começaram a aplaudir juntas.

Foi assim que terminou a revisão e os regimentos retiraram-se para os seus acampamentos na chuva e a banda de infantaria tocou:

Foram-se os animais, dois a dois,
Hurrah!
Foram-se os animais, dois a dois.
O elefante e a mula da bateria,
E todos sob os arcos
Para fugir da chuva.

Foi então que escutei um velho de cabelos compridos grisalhos, um chefe da Ásia Central que tinha vindo com o emir, perguntar a um oficial nativo:

– Diga-me – perguntou. – Como é que conseguiram fazer aquela maravilhosa manobra?

E o oficial respondeu:

– Demos uma ordem e os animais obedeceram!

– Mas os animais são tão inteligentes quanto os homens?

– Eles obedecem, como fazem os homens.

A mula, o cavalo, o elefante ou o boi obedecem o seu condutor e o condutor seu sargento e o sargento seu tenente e o tenente ao capitão, e o capitão ao major e o major ao coronel, e o coronel ao seu brigadeiro, que comanda três regimentos, e o brigadeiro ao seu general, que obedece ao vice-rei, que é o servo da Imperatriz. É assim que as coisas são feitas.

– Quem dera fosse assim no Afeganistão – disse o chefe –, pois lá nós obedecemos somente às nossas vontades.

– E por essa razão – disse o oficial, enrolando bigode – o seu emir, a quem vocês não obedecem, tem que vir aqui receber ordens do nosso vice-rei.

Canção do desfile dos animais do acampamento

Os Elefantes dos Canhões

Emprestamos a Alexandre a força de Hércules,
A sabedoria de nossas cabeças
A coragem de nossas pernas
Emprestamos nossos pescoços para
Servir e eles jamais serão livres outra vez
Abram alas! Abram alas para
Um time de oitenta quilos!

Bois de Carga

Mesmo os heróis evitam o canhão
E o que eles conhecem da força
Não os deixa felizes.
Então, nós entramos em ação
E disparamos nossas armas
Abram alas! Abram alas para
Um time de oitenta quilos!

A Cavalaria

A melhor das canções
É cantada pelos lanceiros, os fuzileiros e os dragões
É mais doce do que os brados de guerra.
É o canto da cavalaria

Avançando com toda sua força.
Nos alimentem, nos domem, nos façam lutar
Nos deem bons cavaleiros
Nos lancem contra os inimigos
E vejam nosso jeito de guerrear.

As Mulas da Artilharia

Enquanto eu e meus companheiros
Subíamos a montanha,
O caminho era escorregadio,
Mas seguimos em frente
Pois podemos subir, andar
E seguir por qualquer lugar
E temos prazer em vencer as distâncias
Boa sorte aos sargentos
Que nos deixam seguir
E azar daqueles que não
Podem nos levar
Pois podemos vencer
Qualquer altura, ou distância
Esse é o nosso prazer!

Os Camelos

Não temos uma canção só nossa
Que nos ajude e seguir
Mas cada pescoço é um instrumento
E esse é o nosso hino:

Isso! Não! Agora! Vá!
Passem adiante!
Alguém perdeu sua carga!
Alguém se perdeu, ou errou de estrada!
Isso não é nada!
Volte e siga outra vez.

TODOS OS ANIMAIS JUNTOS

Somos as crianças do acampamento.
Servindo conforme podemos
Crianças com cangas e arreios
Com a carga que nos cabe
Veja nossas posições pelo acampamento.
Carregando, puxando, galopando
Fazendo a guerra
Enquanto os homens
Andando ao lado,
Em silêncio, com olhos pesados
Não sabem por que andam,
Por que lutam, por que sofrem
Por que estão nesta guerra, calados.

FIM

Poirot
100 anos
Agatha Christie®
MORTE NO NILO
MORTE NA PRAIA
POST CARD
NOITE DAS BRUXAS
ENCONTRO COM A MORTE
ASSASSINATO NO EXPRESSO ORIENTE
A MANSÃO HOLLOW
L&PM POCKET

"Uma delícia de ler." The Times
Agatha Christie
AUTOBIOGRAFIA
Agatha Christie
MISS MARPLE
todos os romances
Primeiro volume
Assassinato na casa do pastor
Um corpo na biblioteca
A mão misteriosa
Convite para um homicídio
Agatha Christie
POIROT
QUATRO CASOS CLÁSSICOS
TRÁGEDIA EM TRÊS ATOS
CIPRESTE TRISTE
MORTE NA PRAIA
A MANSÃO HOLLOW
Agatha Christie®
EM TODOS OS FORMATOS
AGORA TAMBÉM EM FORMATO TRADICIONAL (16x23)
AGATHA CHRISTIE
MISTÉRIOS DOS ANOS 30
O mistério Sittaford
Por que não pediram a Evans?
É fácil matar
AGATHA CHRISTIE
MISTÉRIOS DOS ANOS 40
M ou N?
Hora Zero
Um brinde de cianureto
A Casa Torta
AGATHA CHRISTIE
MISTÉRIOS DOS ANOS 50
Aventura em Bagdá
Um destino ignorado
Punição para a inocência
O Cavalo Amarelo
AGATHA CHRISTIE
MISTÉRIOS DOS ANOS 60
Noite sem fim
Um pressentimento funesto
Passageiro para Frankfurt
Portal do destino
L&PM EDITORES
© 2016 Agatha Christie Limited. All rights reserved.

IMPRESSÃO:

GRÁFICA EDITORA Pallotti IMAGEM DE QUALIDADE

Santa Maria - RS - Fone/Fax: (55) 3220.4500
www.pallotti.com.br